자연과 사진가의 오랜 동행

이 도서의 국립중앙도서관 출판예정도서목록(CIP)은 서지정보유통지원시스템 홈페이지(http://seoji.nl.go.kr)와
국가자료공동목록시스템(http://www.nl.go.kr/kolisnet)에서 이용하실 수 있습니다.
(CIP제어번호: CIP2018043057)

자연과 사진가의 오랜 동행

글 · 사진 최병관

한울

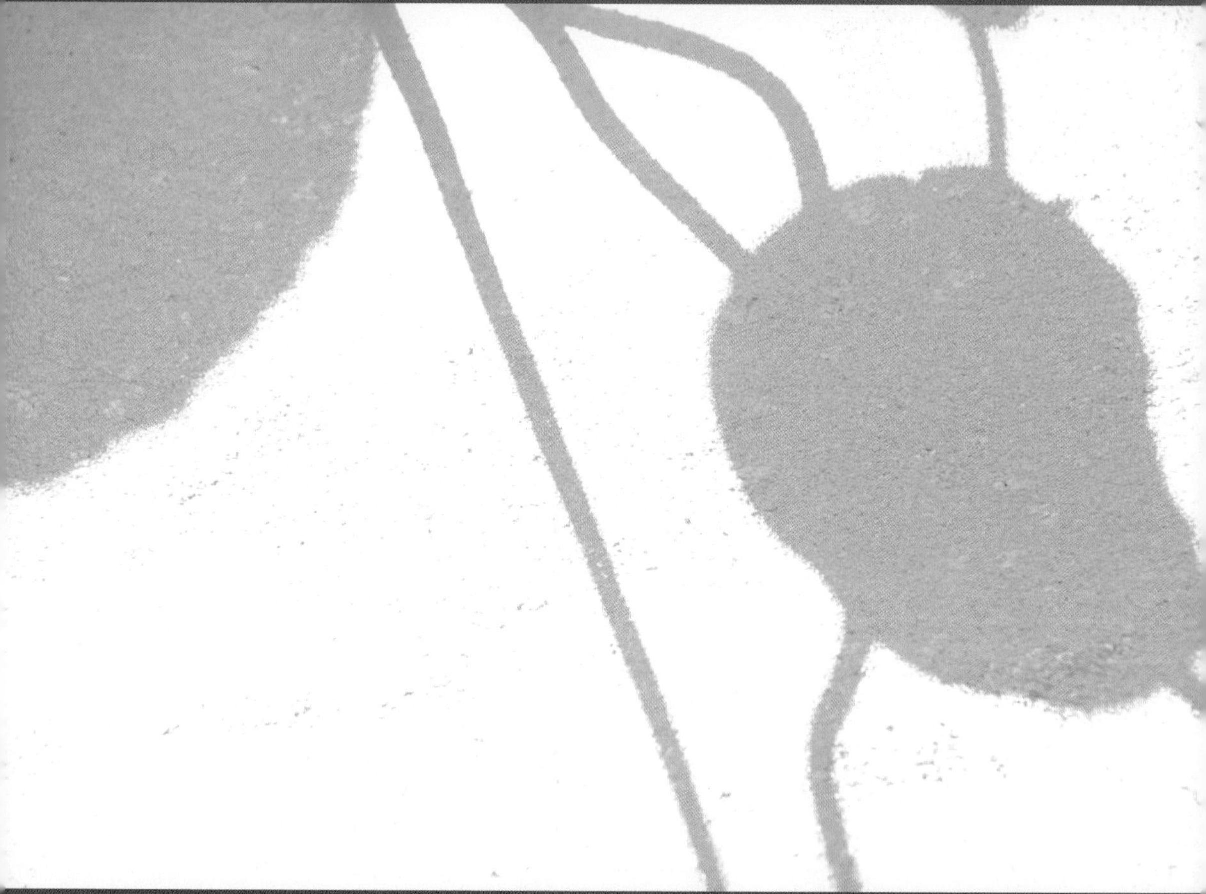

자연과 함께한 시간을 되돌아보며

그리움이 밀려오는 날이면, 모질도록 사진과 함께 살아온 지난날이 관객 없는 허름한 극장에서 필름이 돌아가듯 쓸쓸히 스쳐 간다. 가슴을 조여오는 알 수 없는 순간이 밀려올 때면 어디론가 훌쩍 떠나고 싶은 마음 숨겨둘 곳이 없다. 어쩔 수 없이 불쑥 찾아오는 그리움이라고 해도, 때로는 너무 가혹하다는 생각으로 하얗게 밤을 지새울 때가 한두 번이 아니다. 그나마 다행스러운 것은 오랜 세월 손때 묻은 카메라를 둘러메고 자연으로 떠나는 그날만큼은 향기로운 기쁨이 넘쳐난다는 것이다.

마음을 열고 자연을 자세히 들여다보면 그 속에는 슬픔, 기쁨, 외로움, 아름다운 수많은 이야기가 가득하다. 그 이야기들을 가만히 듣고 있으면 현대의학으로도 고쳐지지 않는 몸과 마음의 구석구석까지 치유되는 기분을 느낀다. 사진 찍는 나를 정신 나간 사람으로 여기는 사람들과 오랜 세월 마주하면서 이 세상이 섭섭할 때도 많았다. 그러나 마음속에 응어리진 병을 자연은 살며시 치유해주었으며, 온갖 상념 속에서 홀가분하게 벗어날 수 있는 방법을 가르쳐주었다.

자연으로부터 선물받은 맑고 고운 영혼을 사진 속에 담아보려 처절히 몸부림쳐왔다. 가끔씩 내 영혼이 사진 속에 표현될 때, 그렇게 행복할 수가 없었다. 그리고 이렇게 아주 특별한 선물을 듬뿍 받아 살아가면서도 감사하게 생각하지 못하고 불순한 욕심을 버리지 못할 때가 무척 힘겹다.

이번 책을 만드는 동안에는 욕심을 버리려고 애썼다. 한 면에는 글, 다른 한 면에 사진 한두 점을 넣어 편집했다. 사진과 글을 어우른 이 포토 에세이가 독자들이 보기에 자연 속에서 오랜 동행을 이어가는 잘 어울리는 연인같이 보이길 바랐다.

한 권의 책을 출간하기까지는 오랜 세월 진이 빠질 만큼 사진을 찍고 글을 써야 한다. 하지만 출간이 결정되고 나면 가슴이 뛰고 잠 못 이루는 날이 허다하다. 가슴 뜀을 선사해준 한울엠플러스(주)에 감사를 전한다. 한울엠플러스(주)와는 참 좋은 인연이다. 이 출판사에서 출간한 『휴전선 155마일 450일간의 일기』(2012), 『어머니의 실크로드』(2014)는 각각 문화체육관광부 우수교양도서와 세종도서 문학나눔에 선정됐다. 시와 사진을 담아 2018년 4월에 펴낸 『그리워할 사람이 있다는 건』에 이어 네 번째 책을 이곳에서 출간한다.

이번에도 기꺼이 출간을 승낙해주셔서 감사함이 충만하다. 김종수 사장님, 박행웅 고문님과의 인연을 소중하게 간직하려고 한다. 편집을 맡아 함께 고민한 편집부 직원들에게도 감사함을 전한다.

2019년 1월

소래작업실에서 최병관

차례

3부

계절과의 동행 귀뚜라미 소리가 멎으면 또 다른 계절이 온다

4부

생명과의 동행 모든 생명은 땅으로 돌아간다

1부

빛과의 동행

빛은 하늘이 준 영혼의 색이다

그림보다 더 아름다운 사진을

사진을 시작하고부터 2년이 지날 무렵 사진 찍는 것을 포기했다. 사진은 예술이 아니라고 생각했기 때문이다. 그 후 나는 몹시 방황했다. 계절이 몇 번 바뀌고 나서 그림보다 더 아름다운 사진을 만들자고 다짐했다. 다시 새로운 각오로 카메라를 들었다. 악착스럽게 빛과 싸웠다. 빛은 상상조차 할 수 없는 수많은 색을 품고 있었다.

빛은 하늘이 준 영혼의 색이다. 대자연에 쏟아지는 그런 색을 가지고 그림보다 더 훌륭한 사진을 만들지 못한다면 내가 게으르고 무지한 사람밖에 안 되는 것이라고 결론지었다. 끊임없이 반복되는 실험과 집착으로 그림보다 더 아름다운 사진을 만들 수 있다는 자신감을 갖게 되었다.

나는 빛을 담는 카메라 외에 다른 도구나 기교로 사진을 만들지 않는다. 그럴 능력도 없고, 애당초 그렇게 하려고 하지도 않았다. 오직 카메라 하나만으로 빛의 영혼과 내 영혼을 버무려서 사진을 만들려고 노력한다. 그때그때 자연과의 교감을 통해서 되도록 진실하게 접근해 나만의 사진을 만들려고 한다. 그래서인지 항상 외로움과 고독함이 찰거머리처럼 달라붙어 떨어지지 않는다. 하지만 그게 내 삶이라고 생각하기 때문에 오직 사진 만드는 일에만 집중한다.

가장 행복한 순간

나는 카메라 가방을 항상 가볍고 작게 꾸린다. 그날 찍을 사진에 맞춰 렌즈를 준비하기 때문이기도 하지만, 사진을 찍으러 갈 때마다 보물을 찾는다는 생각을 하기 때문이다. 좋은 사진을 만든다는 것은 자연 속에 숨겨진 보물을 찾는 것과 같아서, 짐을 가볍게 꾸리지 않으면 안 된다.

또한 사진은 가벼운 짐을 가지고 보물 같은 주제를 찾았다고 해서 끝나지 않는다. 찾은 보물을 어떻게 가공하느냐에 따라 천차만별한 사진이 된다. 빛, 시간, 장소, 하늘, 바다, 바람, 계절 등 수많은 자연 요소에 의해 주제가 생기는데, 그 주제들은 시시각각 변하며 사라지기 때문에 똑같은 주제를 십수 년 동안 반복해서 찍는 일이 다반사다. 한 계절이 지나면 다시 1년을 기다려야 하고, 1년 후에 똑같은 장면을 만날 수 있다는 보장도 없다. 그래서 좋은 사진 한 점 만드는 데 수년이 훌쩍 지나기도 한다.

흑백 필름 사진부터 디지털 사진에 이르기까지 사진은 빛에 의해 만들어지는 빛의 예술이라 불려왔다. 고가의 카메라로 아무리 많은 사진을 찍는다고 해도 빛을 잘 이용하지 못하면 명작을 만들기 어렵다. 빛에 대한 이해와 감성, 열정, 자연의 변화에 대한 관심이 어우러질 때 명작이 탄생한다.

사진가는 끝없는 길을 홀로 걸어가는 것과 같아서 늘 외롭고 고독할 수밖에 없다. 끝없는 도전과 인내로 살아가다 보면 일상이 고달프기도 하지만 어렵게 찾아낸 보물을 사진으로 담았을 때 삶의 보람을 느낀다. 그때가 가장 행복한 순간이다.

마음의 빛으로 찍은 사진

사진은 빛의 예술이다. 빛은 헤아릴 수 없을 만큼 종류가 다양한데, 누구나 다 그 모든 종류의 빛을 볼 수 있는 것은 아니다. 사진가는 그 빛을 볼 수 있는 눈과 마음을 가진 사람이다.

빛은 하늘이 선물한 영혼의 색이요, 아름다움의 결정체이며, 생명이다. 빛은 암흑 속에도 존재하며, 한낮의 찬란한 빛 속에서도 암흑을 볼 수 있다. 빛을 좋은 빛, 나쁜 빛으로 구분할 필요는 없지만 명암(明暗)을 구분할 줄 알 때 감동은 크다.

마음이 우울하면 이 세상 모두가 깜깜하게 보일 때가 있듯 빛은 우리 마음에 따라 달라진다. 사진을 시작하고 싶은 사람이라면 빛을 아름답고 신비스럽게 보려는 노력이 필요하다. 마음의 빛으로 찍은 사진은 많은 사람들을 감동시킨다.

내 마음과
같은 풍경

자연 속에는 무수한 이야기들이 숨어 있다. 그중에서도 내 마음과 같은 풍경을 만났을 때 미친 듯이 사진을 찍으며 격한 감동을 느낀다. 그럴 때 사진가로서의 기쁨은 어디에도 비교할 수 없다. 그래서 고단하고 외로운 사진가의 길을 멈출 수가 없는 것이다.

자연 앞에
설 때만큼은

사진가는 자연 앞에 설 때만큼은 하찮은 욕심일지라도 버려야 한다. 자연은 모든 것에 진솔하고 허물이 없기 때문이다. 사진가가 자연 앞에서 욕심을 부리는 순간 그 욕심은 바로 드러난다. 자연을 찍을 때는 먼저 자연과 가까워져야 한다. 볼품없는 야생화나 잡초일지라도 사랑을 나누어주어야 한다. 모든 생명체들과 친구가 되도록 끊임없이 접촉해야 한다. 그래야만이 좋은 사진을 찍을 수 있는 기회가 찾아온다.

사진을 찍을 때만큼은

빗줄기가 한바탕 퍼붓더니 쉬었다 가려나 보다. 그런 날씨에 해가 구름을 뚫고 나오리라고는 상상도 못했다. 오후 7시 30분이었다. 오늘도 둥글고 빨간 해를 볼 수 없을 거라는 생각에 카메라를 가방에 넣고 한참을 걸어갔다. 그런데 먹구름을 뚫고 둥근 해가 서서히 바다를 향해 내려오기 시작했다. 붉은 노을도 동반했다. 다시 원두막을 향해 뛰었다. 숨이 목구멍까지 차올랐다. 누가 시켜서 하는 일 같으면 당장 그만뒀을 것이다.

도무지 알 수 없는 게 하늘 일이다. 하늘이 갑자기 변하는 건 오늘만의 일이 아니다. 넓적한 바위 위에 앉았다. 사진 찍을 때는 멀쩡하다가 제정신으로 돌아오면 몸이 천근만근이다. 꼭 꾀병을 부리는 것 같다. 가끔씩 사진가로서의 삶을 후회하기도 한다. 하지만 사진을 찍을 때는 이 세상 부러울 게 없을 만큼 행복하다. 그게 사진가의 삶이다.

저녁노을을 기다리면서

사진을 찍기 위해서가 아니고 작업실 근처의 둘렛길을 걷기 위해 나갈 때도 습관적으로 카메라 가방을 챙긴다. 오늘도 예외는 아니다. 작은 호숫가의 고목나무를 배경으로 붉은 저녁노을을 수년째 찍어왔으나 아직까지 만족할 만한 사진을 만들지 못했다. 아무리 사진을 찍어도 해가 하늘과 호수를 내 생각처럼 곱게 물들이지 못했기 때문이다.

자연에서 사진의 주제는 불현듯 나타났다가 오래 머물지 않고 사라질 때가 많다. 그래서 좋은 사진 한 점 만들기가 참 어렵다. 자연 사진은 자연과 사람이 함께 만드는 것이지 카메라가 만드는 것이 아니다. 끈기와 집착, 영감이 좋은 사진을 만든다. 그 어떤 요령이나 방법이 필요하지 않다.

나는 호숫가 바위에 걸터앉아 지는 해가 붉은 저녁노을을 뿜어대길 기다리다 문득 화가들이 부러워졌다. 화가들은 노을이 없는 날에도 종이 위에 물감을 칠해서 원하는 노을을 만들면 되지만 사진가는 그러지 못한다. 물론 컴퓨터에서 조작을 해 원하는 노을을 만들 수도 있겠으나 그렇게 만들어진 자연은 어색하다. 오직 자연색으로 더 아름답고 고운 사진을 찍을 수 있는 날이 오길 기대하며 작업실로 돌아왔다.

구름은
어디서 오는지

언덕 위에 줄지어 서 있는 나무를 향해 검은 먹구름이 밀려왔다. 바람이 몹시 차갑다. 겨울이기 때문에 당연히 눈을 몰고 오는 구름이라고 생각했다. 언덕 위의 나무 뒤 풍경이 궁금했다. 바람과 구름이 어디서 오는지 더욱 궁금했다.

헉헉거리며 언덕 위를 향해 뛰어갔다. 그 위에 올라가면 바람과 구름이 밀려오는 곳을 알 수가 있을 것 같았다. 하지만 파도처럼 밀려오는 두터운 먹구름의 정체를 안다는 것은 불가능했다. 그냥 바라만 보는 것으로 만족해야 했다.

귀한 선물

짙은 안개가 아침을 덮었다. 이런 날 아침, 운전자들은 생명의 위험을 느낄 만큼 불안하다. 교통사고도 많다. 그러나 오늘 아침처럼 안개가 짙은 날에는 좋은 사진을 만들 수 있기 때문에 나에게는 더없이 좋은 날이다. 며칠 동안 허리 통증 때문에 병원에 다니느라 사진을 찍을 수 없었지만, 오늘 같은 날은 아무리 허리 통증이 있다 해도 사진을 찍지 않고서는 못 견딜 것 같았다.

결국 허리를 단단히 동여매고 카메라 가방에는 꼭 필요한 렌즈 하나만 챙겨 몸의 균형이 불안정한 상태로 집을 나섰다. 생각 같아서는 차량으로 먼 곳까지 가보고 싶었지만 위험하다는 생각에 주변에서 주제를 찾아보기로 했다. 그런데 카메라 가방을 둘러메는 순간 거짓말처럼 허리 통증이 사라졌다. 참으로 신기하다는 생각이 들었다.

나뭇가지에는 당장이라도 터져 나올 것 같은 새싹이 몸부림치고 있었다. 모든 나무들은 부지런히 봄을 맞이하려고 단단히 준비를 하고 있다. 크낙새가 나무를 쪼는 소리가 두꺼운 안개를 뚫고 맑게 들려왔다. 크낙새도 둥지를 마련하는 것 같았다. 안개 때문에 볼 수는 없었지만, 희귀종인 크낙새가 부지런히 나무를 쪼는 소리를 가까운 곳에서 들을 수 있다는 것은 행운이었다.

요즘 작업실 주변에는 숲이 우거져 온갖 새들이 찾아온다. 산비둘기도 짝을 찾으려고 구구구 구구구 노래를 부른다. 봄은 그렇게, 가까이 다가오고 있었다.

그리고
1년 후

번번이 실패다. 이러다가 저 나무를 베어버리면 어쩌나. 마음이 더 급해진다.

오래전, 영월에서 꼭 찍고 싶어 하던 주제를 어렵게 찾았다. 많이도 찍었다. 하지만 현상을 해보니 생각과 달리 맘에 들지 않았다. 황톳길에 나무가 길옆에 비스듬히 서 있고 강아지풀이 솟아 있는 풍경이 가슴을 뛰게 했는데 사진은 가슴을 뛰게 하지 못했다.

다음 해에 다시 찍으면 될 거라고 생각했다. 그리고 1년 후 그곳을 다시 찾았을 때, 깜짝 놀랐다. 구불구불 황톳길은 일직선의 콘크리트 길로 변해 있고 길옆에 서 있던 나무는 온데간데없이 사라졌다. 콘크리트 길에 주저앉아 멍하니 하늘만 바라보다가 발걸음을 돌려야 했다.

안개는
좋은 친구

사진을 찍을 때마다 보기 싫은 풍경이 주위에 널려 있어서 셔터 누르기가 망설여질 때가 종종 있다. 그럴 때 안개는 불필요한 풍경을 덮어주기 때문에 사진가에게 좋은 친구가 된다. 특히 늦가을 아침에 피어오르는 물안개는 감탄을 자아낸다. 그런 풍경을 만나게 되면 몽환적인 사진을 만들 수 있다. 아무리 훌륭한 사진가라고 해도 자연이 허락하지 않으면 좋은 사진을 만들기 어렵다. 그러니 자연에 감사하는 마음이 들 수밖에 없다.

그릇의 크기를 알고 나면

언제부터인가 매년 마지막 날이 되면 만사 제쳐놓고 하는 일이 있다. 목욕을 할 수 있는 시설이 멀쩡히 집에 있는데도 동네 목욕탕에 가서 돈을 내고 목욕하는 것이다. 그렇게 해야만 좋은 꿈을 꿀 수 있다는 믿음을 버리지 못하고 있다. 새해를 맞이할 때 몸과 마음을 정갈하게 해야 소망이 이루어진다는 생각을 해왔다. 원하는 꿈을 꾸어서 소망을 이룬 적이 없음에도 매년 마지막 날 꿈꾸기에 집착하는 게 참으로 신기하다.

사람에게는 저마다의 그릇이 있게 마련이다. 밥그릇만 한 것을 지니고 있으면서 장 담그는 큰 항아리로 착각해 끝없이 채우려다 보면 결국 탈이 날 수밖에 없다. 다행히 나는 일찌감치 내 그릇의 크기와 그릇에 무엇을 담아야 할지 알게 되었다. 분에 넘치게 채우려 하지 않아도 되기 때문에 걱정을 던 셈이다. 내 작은 그릇은 사진으로만 채우기도 버거워 여기저기 기웃거릴 필요가 없다는 게 얼마나 홀가분한지 모른다. 때로는 '나는 왜 카메라를 버리지 못하는가' 스스로 불평하기도 한다. 그럴 때마다 내가 사진에 집착하는 이유를 진솔하게 생각해본다. 그것은 사진을 시작하게 된 분명한 목적이 있었기 때문이다. 언젠가는 찾아올 어머니와의 이별, 오래오래 정겹게 살아왔지만 흔적 없이 사라질 고향 마을을 사진으로 남겨야 한다는 굳은 신념 같은 것이었다. 오직 그 길만이 삶을 보람 있게 사는 것이라고 확신했다.

옳은 뜻을 품고 꿋꿋하게 살아가는 사람은 이 세상 어느 것도 두려울 게 없으며 성취하지 못할 게 없다. 사진가에게는 불쑥불쑥 심적·물질적 고통, 혹독한 시련이 끊임없이 찾아오지만 이것은 하늘이 준 선물이다. 그 선물은 명작을 만드는 데 결정적 요소가 되기 때문에 아주 소중하다. 명작은 돈이나 권력이 아니라 오직 사람의 감성과 영혼, 처절한 고통과 인내로 만들어진다.

명작은 오랜 세월이 흘러도

선과 색이 사진을 만든다고 해도 넘치는 말이 아니다. 그래서 색을 볼 줄 알게 훈련을 하고, 직선과 곡선의 의미를 끊임없이 공부해야 좋은 사진을 만들 수 있다. 또한 그때그때의 자기 감정을 사진에 이입하려는 노력도 필요하다. 무조건 셔터만 누르고 난 다음에 그 결과를 기대하는 사람은 평생을 사진 찍어도 훌륭한 작가가 되지 못한다. 또한 그렇게 만들어진 사진은 죽은 사진이나 다름없다. 명작은 사진가의 영혼이 그 속에 배어 있기 때문에 오랜 세월이 흘러도 명작으로 남는다.

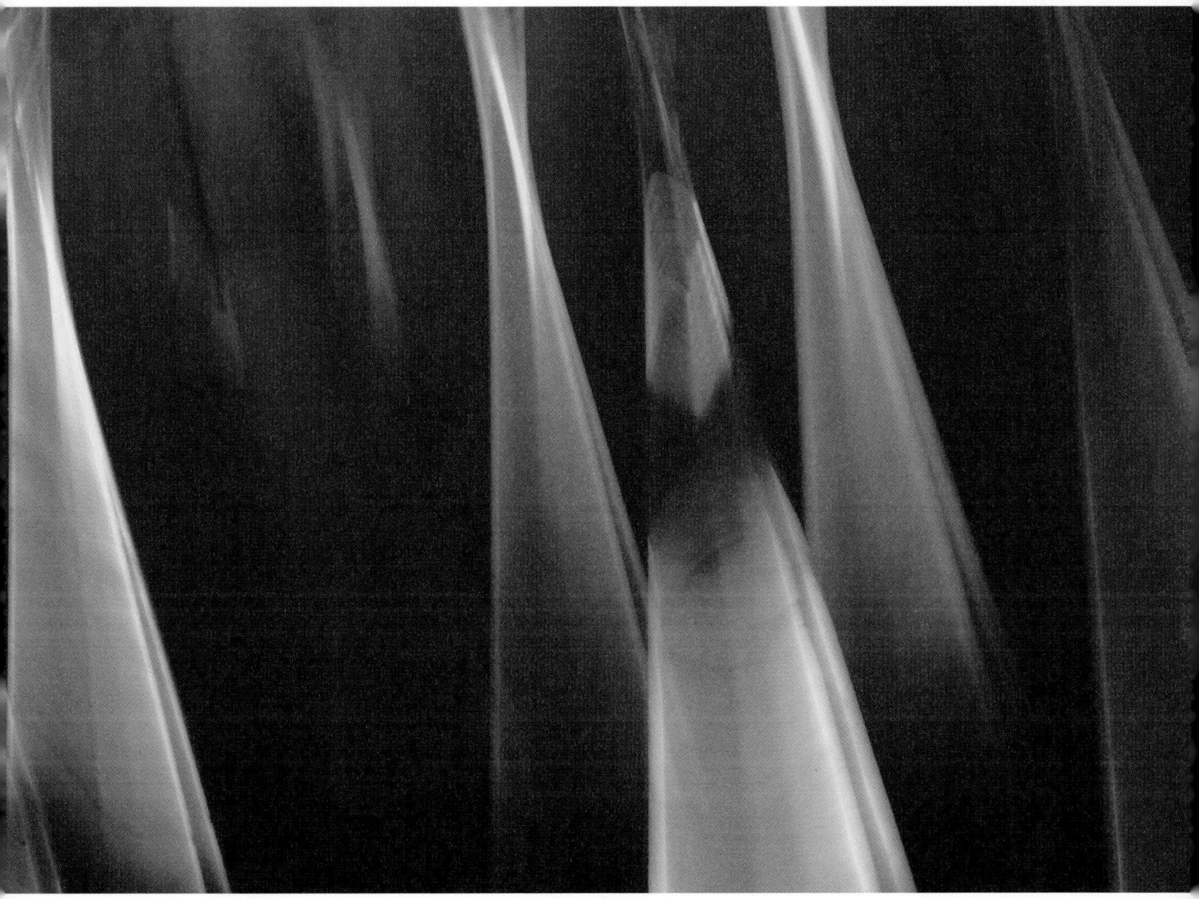

명작이
만들어지기까지

사진의 주제를 찾았을 때 먼저 구상과 비구상의 관계를 생각한다. 그 주제가 구상으로서 작품성이 있다고 해도 만족하지 못할 때 추상 사진으로 찍을 때가 있다. 추상 사진도 이야기가 있어야 하며 구상보다 더 정교해야 한다. 구상이든 추상이든 스토리가 있어야 하며 감동을 주는 사진이 명작이라고 할 수 있다. 하지만 그런 사진을 만든다는 것은 여간 어려운 게 아니다. 명작은 어느 주제를 끊임없이 반복해서 집중적으로 찍어야 만들어진다.

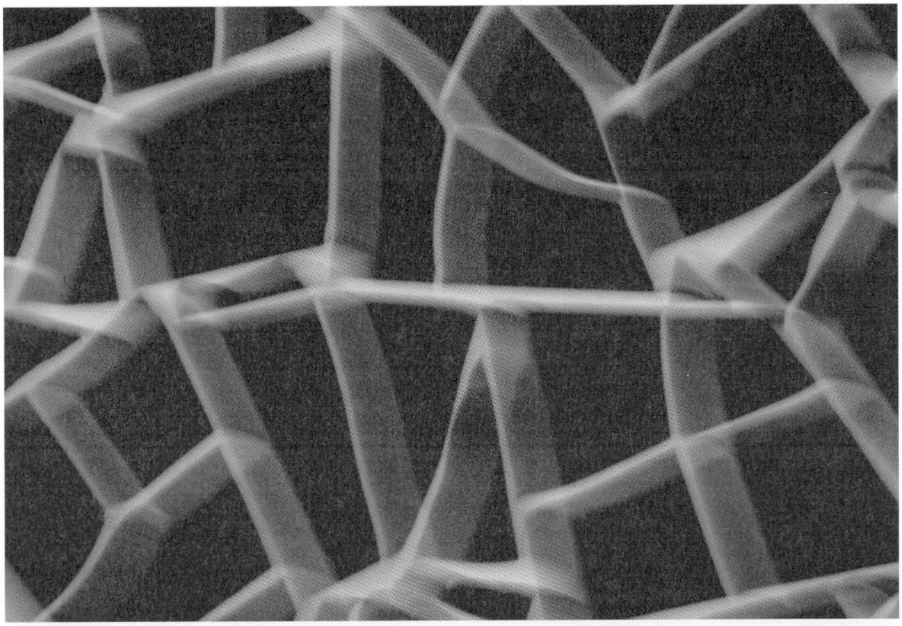

미친 사람 꼬리표

전시를 할 때마다 많은 질문을 받게 되는데, 그중에서도 어떻게 하면 좋은 사진을 찍을 수 있는지 알고 싶다는 사람들이 많다. 그때마다 선뜻 대답을 못하고 망설인다. 사진 한 점 만드는 데 열과 성을 다한 오랜 세월을 단 몇 분 만에 알려고 하는 사람들이 싫어서다.

사진을 시작하고부터 고향 사람들, 심지어는 친구들마저 나를 미친 사람으로 취급을 하며 수군거렸다. 하지만 나는 그런 말에 무관심한 채 사진 찍는 데만 몰두했다. 사진을 시작하면서부터 어느 정도 각오를 했기 때문이다. 오히려 그런 말을 들을 때마다 더 열심히 사진을 찍었다. 내게 붙어 다니던 미친 사람 꼬리표가 떼어지기까지 20년이 걸렸다. 어머니가 하늘나라로 여행을 떠나시기 전에 미친 사람 꼬리표를 떼게 된 것이 그나마 다행이다. 사진에 미쳐 돌아다니는 자식 때문에 두 발 뻗고 편한 잠 한 번 못 주무신 어머니를 생각하면 가슴이 미어진다.

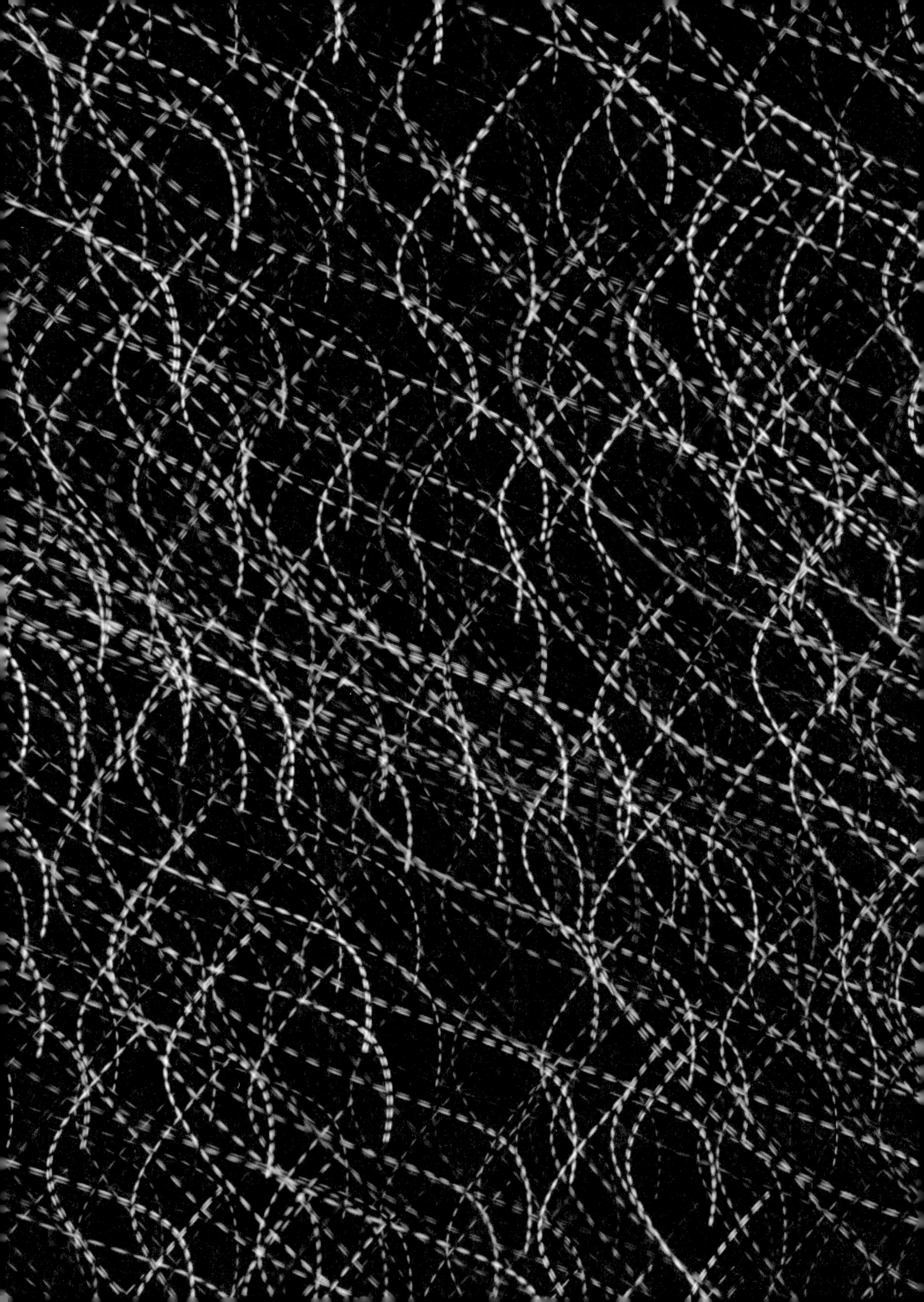

자연과의
교감

내가 나를 모를 때가 참 많다. 사진을 찍기 위해 주제를 찾을 때도 그날그날 내 마음의 변화에 따라 주제를 결정하기도 한다. 마음의 변화를 천천히 살피지 못하고 무작정 찍기만 했다. 하지만 마음의 변화가 곧 사진 속에 전달된다는 사실을 알게 된 후부터는 내 영혼을 전달하기 위해 많은 시간을 몸부림쳐야 했다.

내 감정을 사진에 이입한다는 것은 말이 쉽지, 여간 어려운 게 아니다. 어느 날 문득 '교감(交感)'이라는 두 글자가 떠올랐다. 자연 속에서 생존하는 것은 물론이고, 무생물과도 교감을 해보자. 그러기 위해서는 많은 시간과 시련을 겪어야 한다.

사진도 살아 있어야 한다. 정지된 사진은 죽은 사진이다. 그래서 나는 '사진은 순간 포착이다'라는 말을 싫어한다. 사진은 오랜 시간 자신과의 처절한 싸움이라고 생각하기 때문이다. 순간에 쉽게 얻어지는 것은 그만큼 가치도 적다. 나는 한 장소를 20여 년 찾아갔다. 그리고 거기서 찍은 사진 중 고작 두 점을 남기기도 했다. 자연과 빛을 내 마음대로 할 수 없기 때문이다.

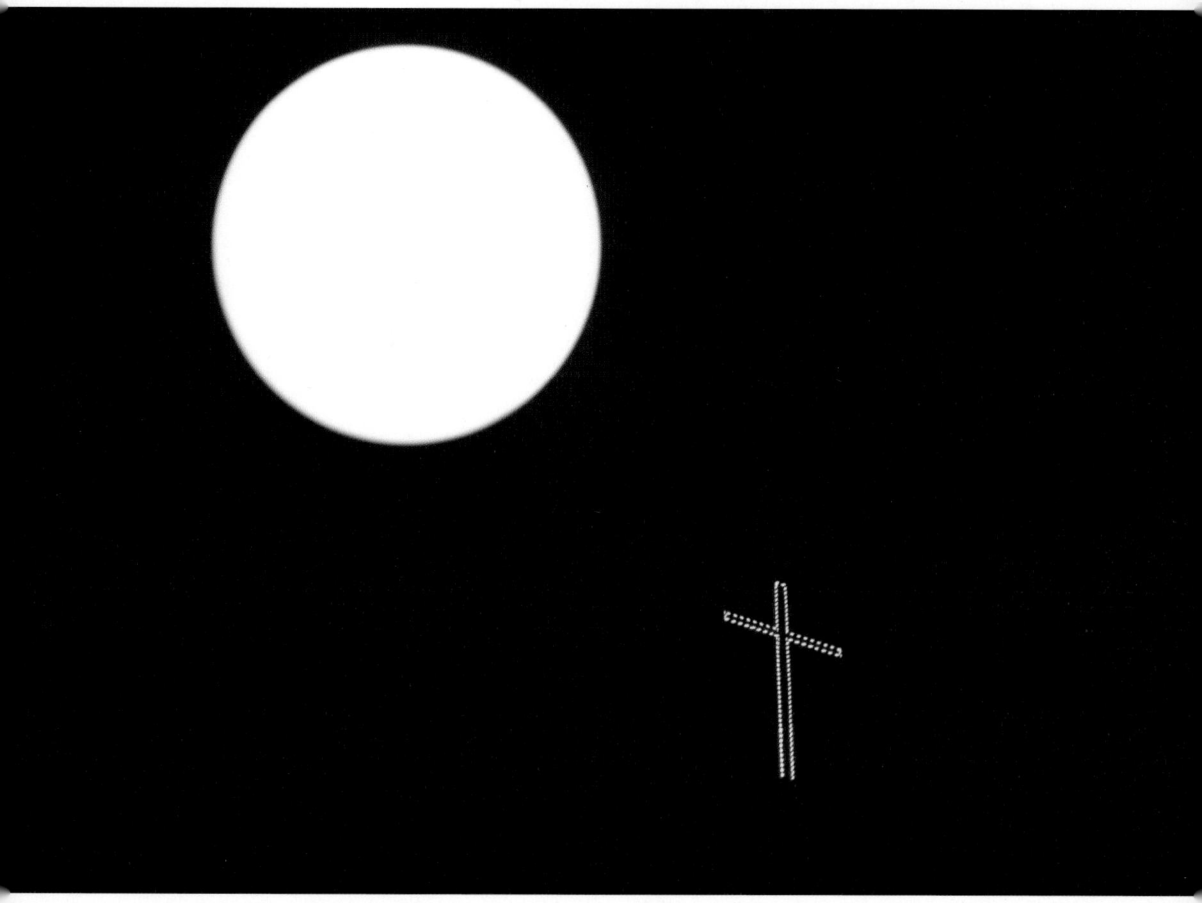

비닐하우스에
웬 물고기

황톳길 옆 투명한 비닐하우스에 물고기 떼가 노닐고 있었다. 가까이 다가가서 보니 그림 같기도 하고 살아 있는 물고기 같기도 했다. 참으로 신기했다. 자동차가 황톳길을 달리면서 흙탕물이 튀어 만들어진 바닷속 풍경이었다. 그런 주제를 만났을 때 그 기쁨은 이 세상 어느 것에도 비교할 수 없다.

자연 속에는 추상이든 구상이든 많은 사진의 주제가 숨겨져 있다. 어떤 사진을 찍을까 상상하며 부지런히 찾아다녀야 하기 때문에 나는 여러 사람과 떼 지어 다니지 않는다. 그래서 혼자 다니며 사진 주제를 찾게 되는데, 생각한 주제를 찾지 못했을 때 조용히 사색도 하며 자연을 즐긴다.

앞뒤의
풍경

많은 사람들이 눈앞에 보이는 풍경만 주제 삼아 사진을 찍는다. 그러나 어느 사진 주제나 앞이 있으면 뒤가 있게 마련이다. 그래서 나는 사진을 찍을 때 빙빙 돌아가며 보물찾기 하듯 주제를 찾는다. 그러다 보면 뜻밖의 숨겨진 풍경을 볼 수 있는 기쁨이 찾아온다.

하나와 둘의 차이

하나와 둘은 무슨 차이가 있을까? 하나가 외롭게 보일 때도 있지만 오히려 세상을 살아가는 데는 홀가분할 수도 있다. 하지만 둘은 외적으로는 외로워 보이지 않는다. 그렇다고 둘이라고 해서 외롭지 않은 것이 아니다. 결국 하나나 둘이나 외롭고 고독한 데는 별반 차이가 없다. 모든 백성이 임금을 받든다고 해서 임금이 외롭지 않을까?

외로움과 고독함을 싫어하는 사람들이 많겠지만, 사진가가 명작을 만드는 데 이 외로움과 고독함은 결정적 요소가 된다. 사진가는 고독과 외로움을 항상 품고 살아가는 것을 감사하게 생각해야 한다. 그것을 품고 자연과 눈으로 마음으로 대화를 나눌 수 있는 사람은 이 세상 제일의 예술가가 된 것이나 다름없다. 바람 소리, 새소리에 감동을 못하는 사람은 음악가라고 할 수 없다. 자연의 소리, 자연의 색을 볼 줄 모르는 사람 역시 진정한 사진가라고 할 수 없다.

비 오는 날 대부도에서

비 오는 날 K 씨와 화가인 그의 아내와 함께 대부도로 향했다. 좋은 그림 주제를 알려달라고 해서 동행을 한 것이다. 그런 제의는 종종 있는 일이어서 새삼스러운 게 아니다. 운전은 K 씨가 했다. 아내가 그림을 그리는 데 도움이 되고 싶다는 것이다. 요즘 세상에 참 좋은 남편이라고 생각했다.

사진을 찍다 보면 어떤 주제는 그림으로 그리는 게 좋을 거라는 생각을 할 때가 있다. 주제는 화가들보다 사진가들이 더 잘 찾는다. 왜냐하면 사진은 꼭 대상이 있어야 해서 그만큼 여러 곳을 찾아다니기 때문이다. 그림이야 상상해서 빼고 더하면서 그릴 수 있지만 사진은 그렇게 할 수가 없다. 그래서 자연 속에서 구도 공부를 많이 하게 된다. 비 오는 날 똑같은 주제를 놓고 화가가 그린 그림과 사진가가 찍은 사진은 어떤 차이가 있을지, 화가와 사진가는 각각 어떤 상상을 할지 궁금해졌다.

밤 사진을 찍기 위해

빗소리에 벌떡 일어나 창밖을 보니 사진 찍기 좋은 빗줄기였다. 탁상시계는 새벽 세 시를 지나고 있었다. 옷을 주섬주섬 찾아 입고 카메라 가방을 챙겼다. 비가 쏟아지는 밤 사진을 찍기 위해서다. 항상 그랬듯이 비 오는 날이라고 해서 특별한 장비나 옷을 착용하는 건 아니다. 한 가지 달라지는 것이 있다면 장화를 신는 것뿐이다.

사진을 찍을 수 있는 시간은 한 시간 30분 정도다. 요즘은 다섯 시면 훤하게 밝아오기 때문에 동트기 전에 사진을 찍어야 한다. 새로운 사진 작업을 시작한 지 벌써 7개월이 지났다. 연말까지 사진을 찍을 계획이다. 똑같은 장소를 반복해서 찍으면서 생각했던 것보다 못한 사진에 실망할 때도 있지만 감동할 때도 많다.

비바람이 몰아치는 깜깜한 밤, 왼손으로 우산을 받쳐 쓰고 오른손으로 카메라를 움켜잡고 사진을 찍는다는 것은 여간 어려운 게 아니다. 하지만 조수를 데리고 다니지 않고 혼자 사진을 찍는 데 익숙해진 탓에 크게 불편하지 않다.

옷이며 카메라며 모두 빗물에 담가놓은 것처럼 물이 줄줄 흘렀다. 내 모습이 초라하다는 마음이 들면서도 언제든 달려가 사진을 찍을 수 있어 그저 감사할 뿐이다.

나와 친분이 있는 L 교수는 열정적으로 사진을 가르치고 사진을 찍어왔으나 지금은 암 치료를 받느라 사진을 찍을 수 없다. 나는 그를 신뢰하고 사랑한다. 내가 해줄 수 있는 게 아무것도 없다는 사실에 가슴 아프다. 문병 갔을 때 병원에는 온통 환자들뿐이었다. 이 세상에는 왜 이렇게 아픈 사람들이 많을까. 돌아오는 길에 빗줄기가 멈췄다. 정신없이 사진을 찍다 보니 동쪽 하늘로 붉은 태양이 고개를 내밀었다.

설마

10여 년 전에 만난 분일까? 동틀 때 사진에 찍힌 분이 설마 그분일까? 수소문 끝에 겨우 연락이 되었다. 참 건강하게 사시는 분이다. 지금도 여섯 시면 어김없이 사진을 찍으러 다니신다고 했다. 타고난 건강도 있겠지만 거의 매일 들로 사진을 찍으러 다니시니 더 건강해질 수밖에 없다. 팔순의 할아버지가 젊은 청년 못지않은 삶을 살고 계신 것이다.

사진을 들여다보시면서 본인이라고 말씀하셨다. 바로 파일을 외장하드에 옮겨드렸다. 사진 파일도 꽤나 많이 가지고 오셨다. 한번 봐달라고 하셨다. 10여 년 전이 떠올랐다. 그때 이 할아버지는 비디오에 한참 심취해 있었다. 사진을 배우려면 어떻게 해야 되느냐고 물었을 때 자세히 말씀드렸다. 그리고 10여 년 만에 다시 사진 파일을 들고 오셔서 만난 것이다. 그동안 사진을 어떻게 찍으셨는지 궁금했다.

기다려도,
기다려도

좁고 미끄러운 논두렁에 쪼그리고 앉아 한 시간 넘게 기다렸다. 가장 낮은 자세로 앉아야 나무 뒤의 건물들이 보이지 않기 때문이다. 숨이 차고 여간 힘겨운 게 아니었다. 자칫하다 논두렁 뒤로 미끄러지면 진흙 범벅이 될 게 뻔했다. 그래도 그 사진을 꼭 찍고 말겠다는 생각뿐이었다. 빨간 옷을 입고 자전거를 타는 사람이 나무 밑으로 달려가야 생각했던 사진을 찍을 수가 있다. 하지만 그런 사람은 기다려도 기다려도 오지 않았다. 아침 걷기 운동을 하는 사람들이 힐끗힐끗 쳐다볼 때의 표정이 하나같이 나를 정상적인 사람으로 보는 것 같지 않았다.

죄를 지은 것도 아닌데 수군거리며 오가는 사람들을 똑바로 보기가 부끄러웠다. 사람들은 내가 논두렁에서 대변을 보고 있는 걸로 착각하는 것 같았다. 하지만 오늘은 그 사진을 꼭 찍어야겠다는 일념으로 버텼다. 평상시에는 빨간 옷을 입고 자전거를 타는 사람들이 눈에 자주 띄었건만 그날 아침은 단 한 명도 오지 않으니 참으로 이상하다는 생각이 들었다. 나를 더 힘들게 하려는 게 아닌가 싶었다.

해가 중천에 떠올랐다. 땀이 주룩주룩 흘렀다. 양쪽 다리에 쥐가 났다. 좋은 사진 한 점 만들기가 참 어렵다는 생각이 드는 건 이번만은 아니었다. 수없이 반복되는 그런 씁쓸한 생각을 참고 지금까지 사진가의 길을 걸어온 게 갑자기 후회스럽기도 했고, 한편으로는 내가 바보 같기도 했다. 결국 오늘도 실패다. 일어나니 하늘이 노랗게 보였다.

낚시터에
낚시꾼이 없다

한적한 낚시터의 아침이다. 나지막한 산골짜기 낚시터에 물고기는 뛰는데 낚시꾼을 볼 수가 없다. 제법 큰 민물 낚시터이며 위치도 좋은데 낚시꾼이 없다는 게 이상하다. 그러나 사진 찍는 나로서는 오히려 그런 풍경이 좋다. 이 사람 저 사람 눈치 볼 필요가 없기 때문이다. 게다가 맑은 날 이른 아침이어서 한적하게, 오히려 맘 편하게 사진을 찍을 수 있다.

나는 가능하면 사람 사진을 찍지 않는다. 말도 많고 탈도 많은 게 사람이기 때문이다. 자연은 평생 사진을 찍어도 탈이 나지 않는다. 사진을 시작하면서부터 자연이 때로는 스승이 되기도 하고 좋은 친구가 되기도 했다. 이 세상에 자연만큼 편하고 좋은 친구가 어디 있을까. 낚시터 주인에게는 미안하지만 낚시꾼이 없는 낙시터가 참 좋다.

저녁노을을
찍기 위해

이렇게 할딱거리며 뛰어본 게 얼마 만인가. 서쪽 하늘을 바라보니 노을이 곱게 물들기 시작했다. 하늘의 변화를 누구도 알 수가 없다. 노을이 그렇게 고운 줄 알았으면 일찌감치 사진 찍을 곳에서 여유롭게 기다리다가 맘 편히 찍었을 것이다. 생뚱맞은 곳에서 사진을 찍다가 허둥지둥 카메라 가방을 둘러메고 20여 분을 달려야 했으니 숨이 막혀 쓰러지지 않은 게 천만다행이다. 고맙게도 저녁노을이 내 마음을 알았는지 조금은 기다려주는 것 같았다. 예전 같으면 바닷속으로 숨어버렸을 시간이다.

바다에 떨어진 저녁노을

바다가 그리워서 무작정 영종도로 달려갔다. 봄을 따라오는 바닷바람은 아직도 차갑다. 그런데 그 차가움 속에는 상큼함이 가득하다. 철썩이는 파도는 응어리진 가슴을 풀어주는 것 같다. 무의도를 향해 달려가는 차량의 전조등 불빛이 직선을 가른다. 하늘과 바다가 붉게 물들어갈 때 내 가슴도 빨갛게 물들어간다.

붉은 노을을 쉽게 볼 수 있는 바다가 가까이 있다는 게 얼마나 큰 축복인가. 사진가에게 고독하고 외롭다는 것은 사치스러운 말에 불과하다. 무기력했던 지난날을 버리려고 얼마나 몸부림쳤던가. 사진을 찍을 수 없을 만큼 방황을 했던 것은 아직도 불안정한 자신의 모습을 보여주는 것이다. 붉게 물든 하늘과 바다에, 지친 일상과 병든 마음을 모두 버리고 나니 마음이 한결 가볍다.

등대지기가 꿈이었는데

어릴 적 꿈이 두 가지 있었다. 하나는 등대지기가 되는 것이었고, 다른 하나는 창문 열고 밤하늘에 반짝이는 별과 속삭일 수 있는 아주 작은 집에 사는 것이었다. 두 가지 꿈 모두 이루지 못했다. 하지만 그 꿈을 쉽게 포기할 수 없었다.

수년 전 등대지기를 할 수 있을까 해서 해당 관서로 전화를 해보니 누구나 할 수 있는 일이 아니라고 했다. 3년 동안 무보수로 일을 하겠다고 해도 할 수가 없었다. 그러다 보니 등대와 외딴 작은 집을 많이 찍게 되었다. 망망대해에서 길 잃은 배를 안내하는 등대 그리고 등대지기. 생각만 해도 가슴이 설렌다.

더 많이 움직여야

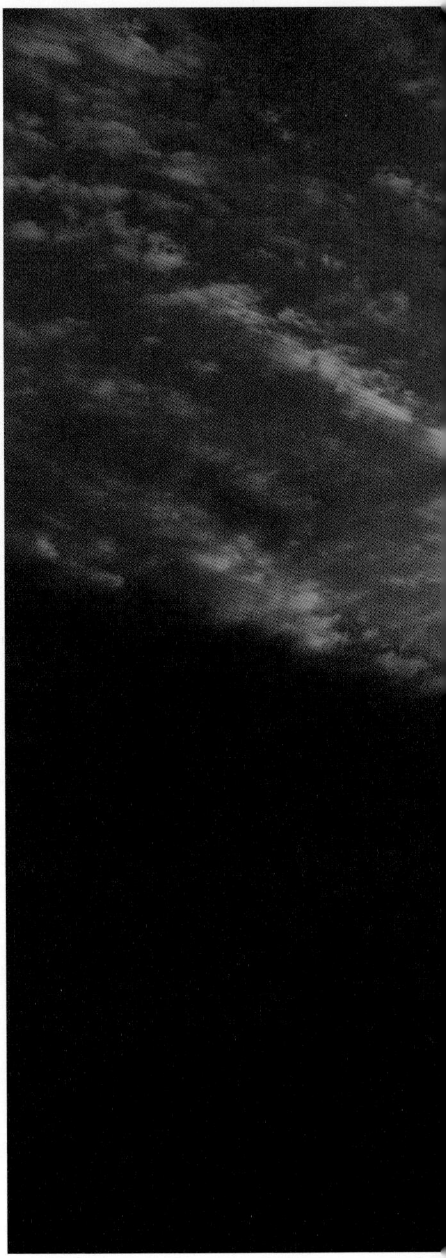

지난밤에는 바람이 몹시 불더니 비를 몰고 왔다. 창문 밖 나무에 부러진 나뭇가지가 대롱대롱 매달려 있다. 그 모두가 살아 있기에 가능하다. 사람도 움직여야 생동감이 생겨 세상을 더욱 건강히 살게 된다. 사진가 역시 잇대어 고단하게 움직여야 좋은 사진을 만들 수가 있다.

2부

꽃과의 동행

꽃을 찍되 꽃 사진을 찍지 않는다

부드러움이 강함을 이긴다

여린 꽃잎이 어떻게 그토록 단단한 나무껍질을 뚫고 나오는지. 아마도 "부드러움이 강함을 이긴다"라는 말은 단단한 나무껍질을 뚫고 나오는 여린 꽃잎에서 비롯된 명언일 것이다.

영산홍에
새싹이 돋아나면

영산홍에 연초록 새싹이 돋아나는 시점이 안타깝게도 영산홍이 죽어가는 시작이다. 화려하게 피었다가 결국 흉하게 죽어가는 꽃이야말로 자연의 순리를 거역하지 않는다. 철쭉이 피는 계절에 나는 특별히 영산홍을 좋아한다. 그 색이 좋아서다.

영산홍은 폭군 연산군이 좋아했던 꽃이라고 한다. 그 글을 읽으면서 나도 모르게 피식 웃고 말았다. 폭군도 꽃을 좋아하는 것은 별반 다를 바가 없다는 생각에서다. 꽃은 사람의 마음을 정화해주기도 하고 기쁨을 주기도 한다. 게다가 꽃을 주고받으며 서로의 마음을 전할 수 있으니 많은 사람들에게 사랑을 받는다.

이틀 전까지만 해도 화려하게 만발했던 영산홍에 새싹이 돋아나면서 꽃은 한 잎 두 잎 땅에 떨어지기 시작했다. 게다가 오늘 아침부터 비바람이 몰아쳐 그나마 며칠 더 버텨보려고 했던 영산홍이 우수수 땅에 떨어졌다. 생각할수록 자연은 참으로 신기하다. 그저께 영산홍을 찍지 않았으면 1년 후에나 다시 볼 수 있었을 것이다. 그래서 사진가는 일 년 열두 달 고단할 수밖에 없다.

자연의 소리를 들어야 한다

복숭아꽃은 사진 찍기가 참 어렵다. 꽃의 색깔이 어정쩡하기 때문이다. 복숭아 고장에 가면 다양한 종이 있을 거라고 생각했다. 우리나라 복숭아의 대표적인 생산지 장호원과 음성을 찾았다. 그런데 복숭아꽃이 듬성듬성 피어나 꼭 이빨 빠진 사람 같았다. 꽃도 솎아내야 열매가 실하게 열리는 것을 알게 되었다. 꽃 색깔도 내가 생각하는 그런 색이 아니었다. 그래서 늙은 복숭아나무를 찾았다. 어린 나무보다는 늙은 복숭아나무에 세월의 깊은 이야기가 더 많이 묻어 있을 것 같았다.

나는 꽃을 찍되 꽃 사진을 찍지 않는다. 그 속에 숨어 있는 이야기를 찍는다. 사람들은 꽃 사진을 찍으면서 꽃나무와 줄기는 따로 생각한다. 하지만 나는 나무에서 뿌리까지 하나의 꽃으로 생각한다.

자연 속에는 수많은 이야기들이 숨어 있다. 하지만 사람들의 눈으로는 볼 수 없다. 그렇기 때문에 깊이 있는 사진을 못 만드는 것이다. 자연의 소리를 들을 수 있어야 진정한 사진가라고 할 수 있다.

늙은
복숭아나무에도

늙은 복숭아나무에 연분홍 꽃이 힘겹게 피어났다. 구불구불하며 굵고 검은 주름이 있는 가지에서 피어난 연분홍 꽃은 자연의 예술품이다. 그나마 모조리 다 베어버린 언덕의 한 귀퉁이에 대여섯 그루가 겨우 생명을 부지해 봄빛을 듬뿍 받으며 듬성듬성 핀 꽃을 매달고 있다. 복숭아나무는 늙으면 늙을수록 검고 거칠어지는데 꽃만큼은 변함없이 아름답게 피어난다.

앳된 복숭아나무 가지는 반지르르하지만 세월의 깊은 맛이 없어서 사진 찍는 것을 외면해왔다. 안타깝게도 사람들은 과일나무도 늙으면 모조리 베어버리기 일쑤니 사람이나 과일나무나 늙으면 서럽다. 세 시간을 늙은 복숭아나무 밑에서 정신없이 셔터를 누르고 나니 어지럽다. 정신을 차리고 일어나 하늘을 바라보니 눈이 부시다.

몇 점의 사진을 만들기 위해 꼼짝없이 쪼그리고 앉아 많은 시간을 보내야 했다. 어쩌면 늙은 복숭아나무 몇 그루마저 머지않아 모조리 베일 것 같다는 불안한 마음이 들었기 때문이다. 꽃이 지고 이듬해 봄에 또다시 연분홍 꽃이 피어나 시간 가는 줄 모르게 카메라 셔터를 누를 수 있다면 얼마나 좋을까.

나무는 자연의 순리대로

나무는 그 많은 자식들(나뭇잎)이 목숨 다할 때가 되면 고운 색의 옷으로 갈아입힌 후 하나하나 떠나보낸다. 혹한의 겨울을 살아남기 위해 자식들을 털어내야 하기 때문이다. 알몸이 된 나무는 가지의 모든 수분을 땅속으로 내려보내 동사를 방지한다. 나무와 나뭇잎은 그 법칙과 질서를 철저하게 지키고 있으면서도 불편해하지 않는다.

사람이 지구에 생존하기 훨씬 이전에 나무는 뿌리를 내렸다고 한다. 그래서인지 나무는 인간보다 성숙한 모습을 보인다. 찬바람이 불기 시작하는 가을이 돌아와 자연의 법칙에 따라 떨어지는 나뭇잎은 나무에게 불평이 없다. 반면 인간 세상에는 고생하며 낳아주고 키워주신 은혜에 감사하기는커녕 돈을 내놓으라고 자식이 부모님을 살해했다는 소식이 들린다. 문명의 발달 때문이라고 생각하기에는 너무 고통스럽다.

나뭇잎의 용기와 인내

자연의 소리에 귀 기울이기 시작하면서부터 모든 사물을 사람과 평등하게 생각하며 사진을 찍는다. 도저히 상대할 수 없는 거대하고 고약한 바람을 이겨내려는 나뭇잎의 처절한 싸움은 가슴을 찡하게 한다.

오랜 세월 자연 속에서 사진을 찍으면서, 매달린 나뭇잎의 생존의 비밀을 알게 되었다. 사람에게 외로움과 쓸쓸함이 엄습해올 때 이겨내려는 강한 의지와 인내가 절대적이듯, 연약한 나뭇잎에게도 강한 바람과의 싸움에서 끝까지 버틸 수 있으려면 용기와 인내가 필요한다. 나뭇잎은 그것으로 바람을 견딘다.

꼴불견인
해당화 열매

해당화가 잎을 모두 털어내고 빨간 열매만 남긴 채 겨울잠 잘 준비를 마쳤다. 해당화는 가시나무가 아닌데도 날카로운 가시로 온몸을 감싸고 있다. 장미꽃이야 탐하는 사람들이 많아 스스로를 보호하기 위해 그런다고 해도, 해당화는 관심을 끌 만한 꽃이 아닌데 왜 온몸을 가시로 감싸고 있는 것일까.

사계절 내내 해당화 길을 걸어 다녀도 사진 한 컷 찍은 적이 없다. 그만큼 눈이 가지 않는다. 종자마다 조금씩 다르기는 하겠지만 지금까지 내가 만난 해당화꽃은 산만할 뿐만 아니라 무성한 잎과 가시에 묻혀 있어 좋은 주제가 되지 못했다.

그런데 며칠 전 잎이 모두 떨어져 앙상한 가지만 추위에 떨고 있는 나무에서 해당화꽃이 떨어진 그 자리에 빨간 열매가 당차게 매달려 있는 걸 보고 마음이 달라졌다. 빨간 열매는 감나무에 매달린 홍시와 색깔이 비슷해 사진을 찍고 싶은 마음이 간절해졌다. 주위에 뾰족한 가시들이 둘러쳐 있어서 근접해 촬영을 하다가 몇 번을 날카로운 가시에 찔렸다. 열매는 평생을 떨어지지 않을 것처럼 단단하게 붙어 있었다. 빨간 열매는 겨우내 얼다 녹다 반복하면서 새봄 싹이 틀 무렵에야 검게 썩어서 떨어지는 게 대부분이다. 생명력으로 치면 해당화 열매는 으뜸인 셈이다.

사진가의 끈기를 이참에 알려주고 싶었다. 가시에 찔려가면서 오기로 수없이 찍긴 찍었는데 신통치 않았다. 예쁜 모양으로 만들어주고 싶었으나 사진가로서의 능력이 부족한 건지 생각했던 것만큼 사진을 못 만든 게 아쉽다. 사람이나 꽃이나 오만하면 문제가 될 수 있다는 걸 빨간 해당화 열매를 찍으며 새삼스레 느꼈다.

먼저 핀 꽃은

어릴 때 나는 버스만 타면 멀미를 심하게 했다. 서울에 있는 외갓집에 갈 때도 기차를 타고 돌고 돌아서 한참을 걸어가는 길을 택했다. 일찌감치 고향을 떠나 서울로 가는 친구들을 바라보며 부럽기는 했으나, 나는 멀미 때문에 자동차가 많은 서울에 살 엄두가 나지 않았다. 비실비실 자라는 나를 보고 어머니는 이렇게 말씀하셨다. "늦게 난 풀이 더 강인하고 우뚝하게 솟아오른다." 그때만 해도 그 말씀이 무슨 뜻인지 몰랐다.

떨어지는 꽃잎을 찍으려고 지난해에 꽃잎이 떨어진 날짜를 헤아려 찾은 장소에서 어머니 말씀이 무슨 뜻인지 알았다. 먼저 핀 꽃은 먼저 지게 마련이다. 싹이 움트기 전에 피어난 꽃은 그 자태를 맘껏 뽐내다가 다른 꽃들이 힘겹게 움틀 때 생을 마감한다. 어머니 말씀은 어린 내가 비실비실하더라도 유비무환(有備無患) 정신으로 살면 나중엔 더 빛날 거라는 뜻이었을 것이다.

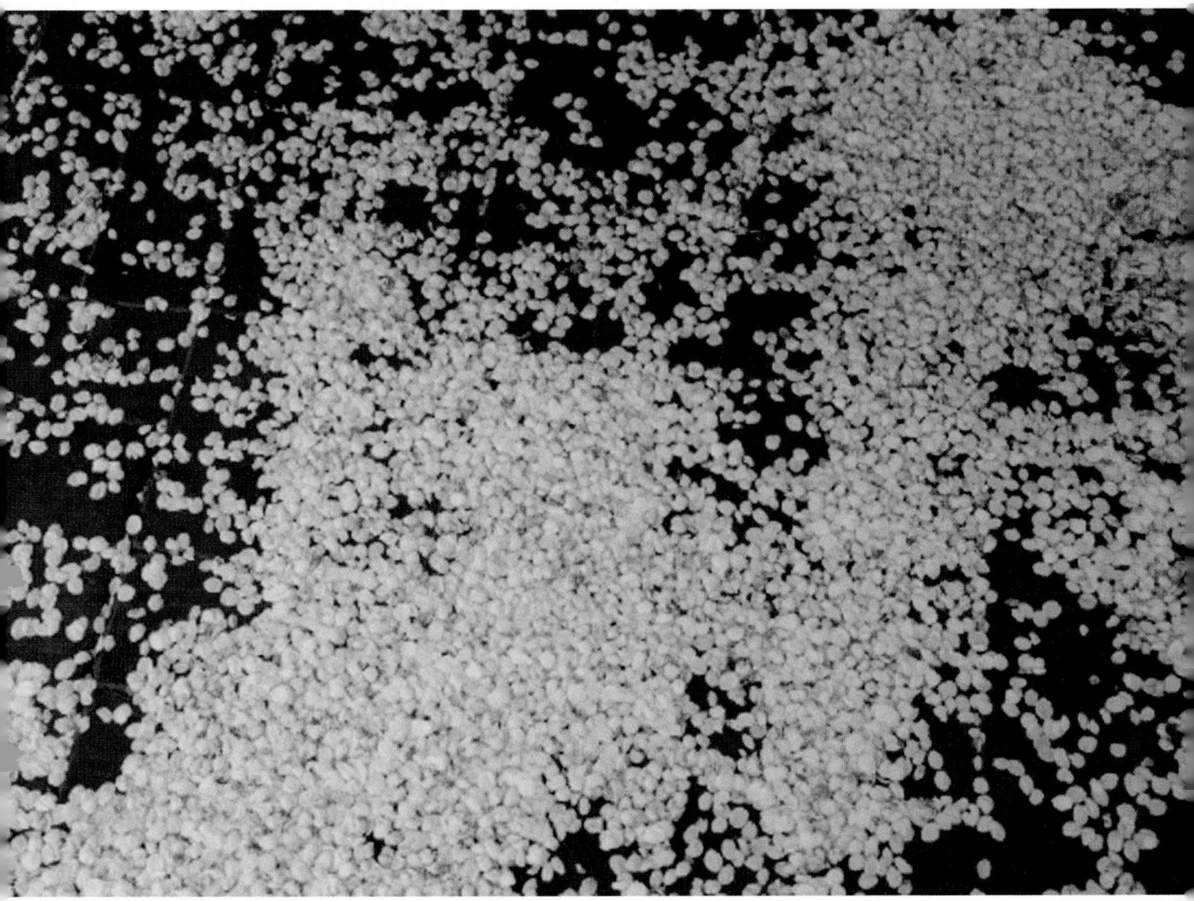

떨어진 나뭇잎이 아름다운 것은

어디선가 밤낮으로 비바람이 몰려와 나뭇잎을 때리더니 결국 땅에 떨어뜨려 하얗게 죽어가게 한다. 그렇지만 나무는 예의가 바르며 인정이 참 많다. 나무에 붙어서 아무 걱정 없이 좋은 세상을 살아가던 나뭇잎을 떠나보내기 위해 아름답게 화장을 해주고 색색의 옷으로 갈아입힌 후 땅으로 돌아가게 한다. 그것도 나무 자신이 나뭇잎을 털어버리는 게 아니다. 정 때문에 나뭇잎과 이별해야 할 시간이 돌아와도 나무는 스스로 털어버리지 못한다. 안타깝게 바라보던 비바람이 몰려와 우수수 나뭇잎을 털어내는 것이다.

발가벗은 나무는 땅에 떨어진 나뭇잎을 애처롭게 바라보며 이별의 인사를 한다. 떨어져 쌓인 나뭇잎이 아름다운 것은 그 고운 빛을 유지하며 서서히 그리고 조용히 죽어가기 때문이다. 찬 비바람이 몰려와 나뭇잎을 매정하게 땅에 떨어뜨려도 비바람을 원망하지 않는다. 사람들에게 이리 밟히고 저리 밟혀도 아픔을 참고 또 참아가며 말없이 죽어간다. 그래서 나는 가을의 끝자락에는 항상 잠을 이루지 못하고 뒤척인다. 이 세상을 나뭇잎처럼 곱게 살다가 아름답게 죽을 수 있다면 얼마나 좋을까.

연잎이 더 아름답게 보일 때

연꽃이 핀 것을 어떻게 알았는지 사람들이 시흥 관곡지로 몰려든다. 삼각대와 카메라를 든 사람들은 연꽃 중의 연꽃을 찾는다. 휴대폰을 든 사람들도 부지런히 셔터를 누른다. 연밭에 카메라를 든 사람들이 너무 많다는 것을 깨닫고서야 토요일인 줄 알았다.

오늘도 관곡지 연밭의 변두리를 서성거렸다. 관곡지에 연꽃이 필 때면 카메라 전시장 같다는 생각을 하곤 한다. 나이 든 사람이나 젊은 사람이나 어깨에 멘 가방이 내 가방보다 서너 배는 크고 무거워 보인다. 삼각대를 안 들고 다니는 사람은 나와 휴대폰으로 사진 찍는 사람뿐이다.

갑자기 가랑비가 내렸다. 나는 우산만큼 큰 연잎 아래 쭈그리고 앉았다. 그럴 때는 우산이 되어준 연잎이 꽃보다 더 아름답게 보인다. 연잎 아래서 나는 사진가로서 축복을 받았다는 생각을 했다. 가까운 주변에 사진 주제가 이렇게 많기 때문이다. 또한 도시에서는 볼 수 없는 황톳길을 걸으며 자연과 속삭이고 행복을 느낄 수도 있다. 이 세상에 자연만큼 좋은 친구가 어디 있을까.

변두리 사진가

연꽃이 필 때면 연꽃만큼이나 많은 사람들로 북적거리는 관곡지로 향한다. 그 많은 사람들 때문에 가고 싶지 않은 곳이기도 하지만, 10여 년 전부터 '윤회(輪廻), 연(連)에서 찾다'를 주제로 그곳을 택했기 때문이다. 집에서 가까울 뿐만 아니라 주변에는 그곳만큼 넓고 다양한 연밭이 없다. 연은 불교의 상징이라고는 하나 종교와는 상관없이 많은 사람들에게 사랑을 받는다.

연밭이 처음 생겨날 때만 해도 찾는 사람들이 많지 않아서 차분히 사진을 찍을 수가 있었다. 그런데 요즘 들어 카메라를 든 사람과 휴대폰을 든 사람들로 범벅이 되어 장터가 된 듯하다. 그뿐이 아니다. 사람들의 괴롭힘 때문에 연꽃이 몹시 아파하고 있다. 그러다 보니 여러 종류의 연꽃이 피어난 연밭의 중심을 벗어나 인적이 드문 변두리를 서성거린다.

오늘은 월요일이어서 사람들이 없을 거라는 생각은 한참 빗나갔다. 집에서 아침 5시에 출발해 30분이 지나 도착하니 연밭에는 카메라를 삼각대에 받쳐놓고 사진을 찍는 사람들로 붐볐다. 오늘도 결국 변두리를 돌면서 "나는 영원한 변두리 사진가다"라고 중얼거리며 발길을 돌려야 했다.

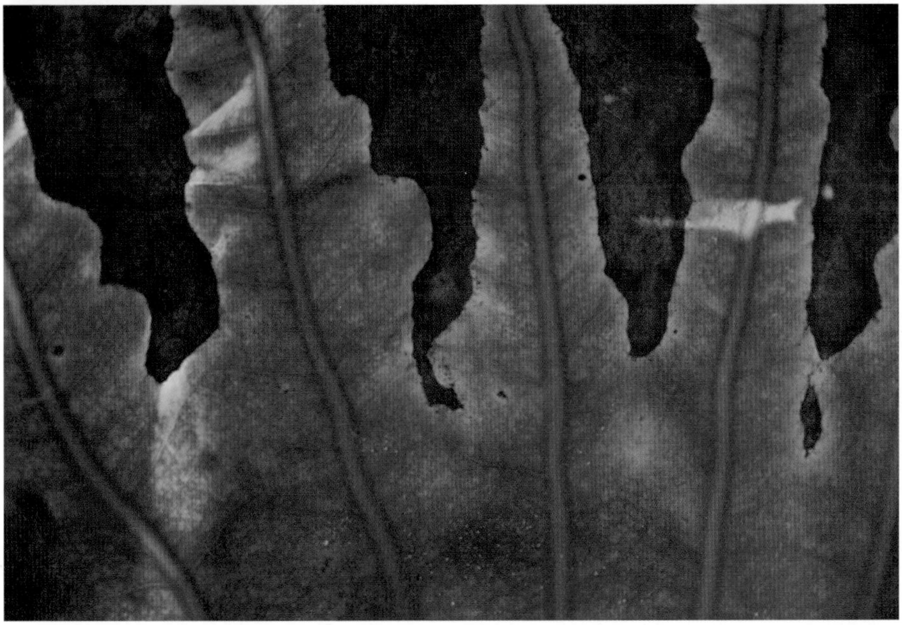

변두리가 더 편해서

관곡지의 드넓은 연밭에는 연꽃이 활짝 피어나 사람들을 유혹하고 있다. 요즘 세상에 귀한 벌들이 연꽃 주위를 윙윙 날아다닌다. 벌도 연꽃 향에 취해서일까, 연꽃으로 들어간 벌들이 비실비실거리며 동작이 느리다.

이른 아침부터 연꽃을 찾아온 사람들로 북적거렸다. 사람들은 저마다 손에는 대포만 한 카메라나 작은 휴대폰을 들고 연꽃을 계속 찍어댄다. 내 눈에는 연꽃보다 사람들이 더 많은 것 같아 슬며시 변두리로 발길을 돌렸다. 누가 변두리로 쫓아낸 것은 아니지만 사진을 찍는 데는 변두리가 더 편해서 스스로 변두리 사진가가 된 것이다.

변두리를 돌면서 연꽃이 피기도 전에 몹쓸 병에 걸려 잎부터 죽어가는 것들을 찾아 찍기 시작했다. 그런 사진을 찍는 사람이 없기 때문에 홀가분하고 느긋하게 찍을 수 있어서 참 좋았다. 죽음은 사람에게나 연꽃에나 슬픈 일이다. 병든 연꽃도 사람처럼 몹시 아프고 견디기 힘겹다는 것을 알 수가 있다. 연잎이 죽어가며 내 병을 고쳐 달라고 울고 있는 듯했다. 하지만 나는 사진 찍는 것 말고는 죽어가며 신음하는 연잎을 살려낼 재주가 없어서 그곳에 오래 머물 수가 없었다.

얼음장 밑에서 숨 쉬는 연

한여름 무성했던 연꽃은 모두 부러져 물속에 잠겨 있다. 얼음이 얇게 얼은 그 밑에서 물방울이 보글거리며 올라오더니 이런 가지 모양으로 얇게 얼어붙었다. 처음에는 샘물이 올라오는 것으로 알았다. 그런데 얼음장 밑을 자세히 들여다보니 부러진 연 줄기를 통해 물속에서 연이 숨을 쉬고 있었다. 연이 숨을 쉴 때마다 방울방울 올라오는 물방울은 얼음이 얼기 시작하면서 그림을 그려놓은 것 같았다.

여름에 연잎 한가운데 물방울이 고이며 뽀글뽀글 소리를 내는 것은 연이 숨을 쉬는 것이라고 연을 연구하는 분에게 들어서 알고 있었다. 그런데 겨울에 얼음장 밑 물속에서 연 줄기를 통해 숨을 쉰다는 것은 상상도 못했었다. 볼수록 신기하다.

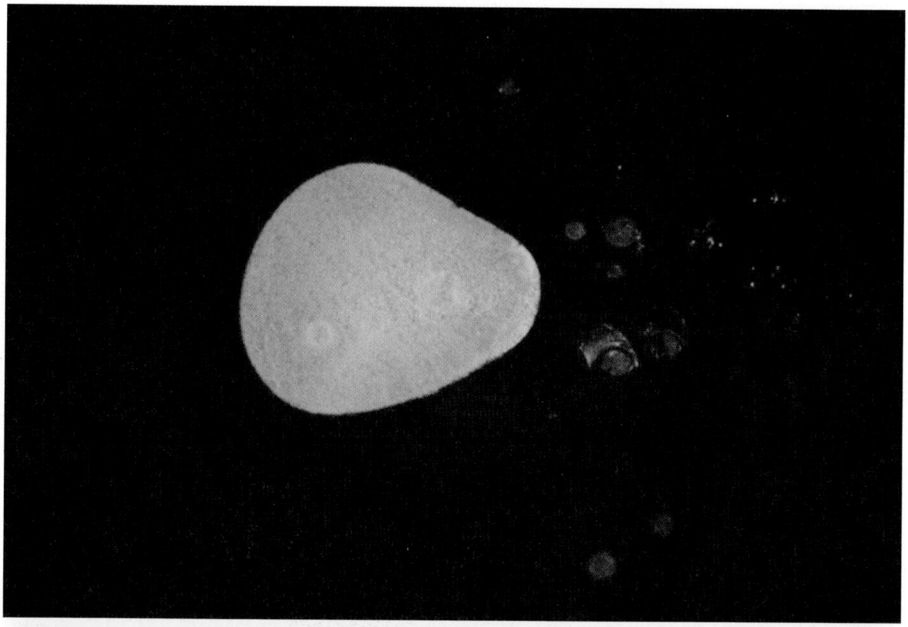

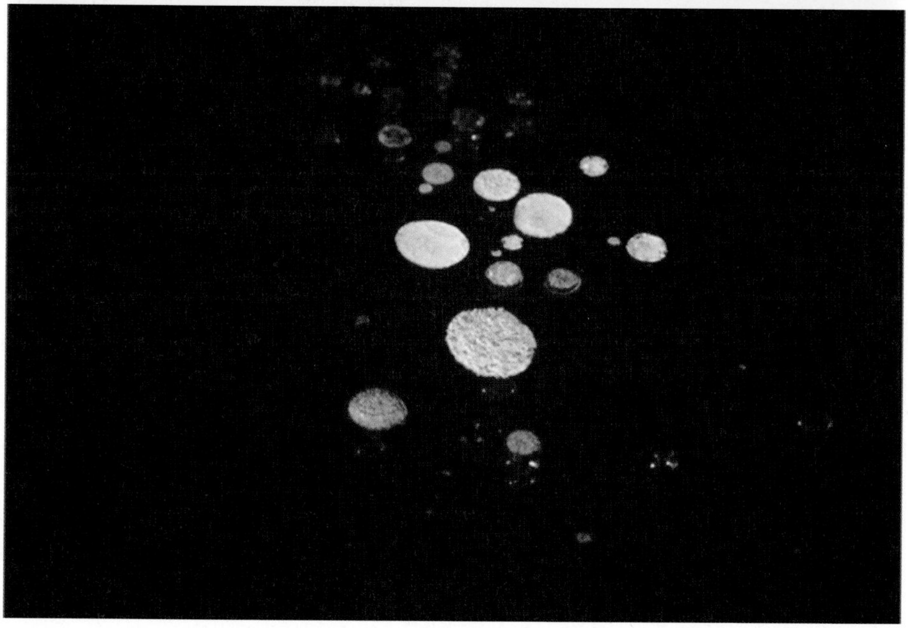

셔터를 누르는 순간

셔터를 누르는 순간 귀신처럼 연꽃 옆으로 달려와 생각하지도 않았던 생면부지의 여자 뒷모습 일부가 찍혔다. 그 사진을 보면서 차라리 흰색보다는 색깔 있는 옷을 입은 여자가 찍혔으면 좋았겠다고 생각했다. 그런 순간은 꽃밭에서 흔히 겪는 일이기 때문에 대수롭지 않게 여겼다. 그런데 그 꽃이 맘에 들었는지 냉큼 자리를 비켜주지 않았다.

여자들은 특히 꽃밭에서 사진 찍기를 좋아한다. 때로 꽃에 얼굴을 대고 찍기도 한다. 그 모습을 보며 꽃같이 순수하고 고운 마음을 느낀다. 그래서 나는 여자의 고운 마음을 찍으려고 하지만, 평범한 생김의 사람을 아름답게 찍는 기술이 부족하다. 결국 생긴 그대로 사진을 찍기 때문에 좋은 소리를 듣지 못해 사람 찍는 것을 싫어한다.

연꽃의
애원

연꽃과 연잎은 신비하다. 진흙탕 속에서 올라와 피어나는 연꽃, 연잎에 탱글탱글 맺혀 굴러다니는 이슬방울은 황홀경에 빠지게 한다. 연꽃은 버릴 것이 하나 없다. 뿌리부터 잎, 대, 꽃은 식용과 약재, 차의 재료로 사용한다. 심미적인 면에서나 실용 면에서나 연(蓮)은 그야말로 사람들을 위해 태어난 것 같다.

집에서 차로 20여 분을 달려가면 넓은 연꽃 단지가 있다. 조성된 후 몇 년은 한가해서 사색하며 느긋하게 사진을 찍을 수 있었다. 그런데 해를 거듭할수록 사람들의 수가 많아지더니 이제는 연꽃과 사람을 분간할 수 없을 만큼 많아졌다.

사람이 많으니 당연히 연꽃은 몸살을 앓거나 병들게 마련이다. 어떤 사람은 연꽃에다 반짝반짝 빛나는 화학물질을 뿌려놓고 사진을 찍는가 하면, 원하는 연꽃 외에는 가차 없이 목을 자르기도 하고, 감 따는 갈고리 같은 것으로 연꽃의 허리를 잡아당겨 사진을 찍기도 한다. 그런 풍경을 마주하며 카메라를 감추고 싶었던 때가 한두 번이 아니다. 두 번 다시 보고 싶지 않은 풍경이다.

연잎은 제 몸 가운데 빗물이나 아침 이슬이 고여 있을 때 뽀글뽀글 숨을 쉰다. 때로는 물을 뿜어대며 애원한다.

"얼마든지 나와 가족들 사진을 마음대로 찍어가되 목을 잡아당기거나 냄새나는 이상한 걸 뿌리지 마세요. 또한 가족들 목을 벤다면 함께 의지하며 살아가는 저희들은 살길이 막막합니다. 진흙탕 속에서 바깥세상이 그리워 힘겹게 나오는 저희를 제발 괴롭히지 말아주세요. 한세상을 사람들에게 아름다움과 기쁨을 선물하고 살다가 모든 걸 바치고 죽는다는 걸 잊지 말아주세요."

물고기와
연꽃의 대화

물고기 한 마리가 눈부시도록 아름다운 연꽃에게 속삭였다.

"너는 외모가 아름다워서 많은 사람들이 찾는구나. 그런 너는 얼마나 행복할까?"

연꽃은 물고기의 그 말에 대꾸조차 하기 싫었다. 연꽃이 한참이 지난 후에 말문을 열었다.

"난 사람들이 너무 싫어. 내 앞에서 독한 담배 연기를 뿜어대지 않나 심지어는 육중한 카메라를 든 사람들이 내게 화장을 해주기라도 하듯 냄새나는 것을 뿌려대니 정말 숨이 막힐 것 같아. 그뿐만이 아니야. 내 몸에 상처를 내거나 목을 꺾어가는 사람들 때문에 정말 이곳을 떠나고 싶어."

그 얘기를 듣고 연꽃과 함께 살아가던 물고기는 눈물을 흘리며 더 이상 묻지 않았다. 그리고 혼자 중얼거렸다.

"물고기인 나보다 못나고 나쁜 인간들이 참 많구나."

소나무의
충고

어렵사리 장만한 콘크리트 숲 3층이 내가 잠자며 일하는 곳이다. 나무 한 그루가 그립고 풀숲이 그립고 밀려오는 바닷물이 그리운 세상에, 넓은 정원에 갖가지 나무가 하늘을 향해 솟아 있고 까치가 종종 놀러와 노래를 불러주기도 하는 곳이다. 또한 고깃배들이 하루에 두 번씩 물살을 가르며 소래포구를 향해 달려가는 바다를 볼 수 있는 것은 크나큰 축복을 받은 것이다.

창문 앞 정원에 우뚝 서 있는 아름드리 소나무는 대장 노릇을 하고 있는 듯하다. 지난여름 강풍과 폭우에 웬만한 나무들이 뿌리가 뽑히고 가지가 부러져 여기저기 나뒹굴고 있었다. 유독 꿋꿋하게 서 있는 대장 소나무는 그 위엄을 자랑하고 있는 듯했다. 그 대장 소나무가 입을 열었다.

"바람에 흔들리는 것은 당연하나 영혼까지 흔들리면 모두가 죽은 것이나 다름없다. 그렇기 때문에 덕지덕지 매달려 있던 욕심을 미련 없이 털어내고 몸과 마음을 가볍게 하고 뿌리를 깊이 내린다면 어떤 폭풍에도 견딜 수가 있다."

꼭 나를 두고 한 말 같았다. 웬만한 바람에는 흔들림 없이 작업실 앞에 우뚝 서 있는 소나무는 영국 왕궁 앞에 붉은색 상의에 유난히 큰 검정 모자를 쓰고 눈썹 하나 움직이지 않고 서 있는 멋진 근위병 같다. 눈을 뜨면 마주치는 대장 소나무에게서 소중한 삶의 지혜를 배우며 살고 있다.

오만함은
패망의 시작

6월은 장미의 계절이다. 흐드러지게 핀 장미꽃은 오가는 사람들의 마음을 사로잡는다. 장미꽃은 그 색이 다양하다. 그중에서도 나는 연분홍 꽃을 좋아한다. 몇 해 전부터 덩굴장미꽃 사진을 찍어오고 있는데 만만치가 않다. 가까이 접근해서 찍다가 번번이 날카로운 가시에 찔렸다. 잎에도 작은 가시가 돋아나 있기 때문에 결국 가시로 몸을 칭칭 감아서 철저히 꽃만을 보호하는 셈이다. 그런 장미가 내 눈에는 오만하게 뽐내고 있는 것같이 보였다.

봄이 오는 듯하더니 어느새 무더운 여름이다. 봄이 짧아진 탓에 봄옷은 아예 소량만 만든다는 어느 기업인의 말이 떠올랐다. 땀을 뻘뻘 흘리면서 가시에 찔리지 않기 위해 조심조심 카메라 셔터를 눌렀지만, 날카로운 장미꽃 가시의 공격을 피할 수가 없었다. 그것도 한두 번이 아니다. 화가 치밀었다. 장미꽃이 아무리 아름답다고 해도 내 손에 따라서 흉한 장미로 만들 수 있다는 것을 보여주기로 작정했다.

카메라 조리개와 셔터를 정반대로 조작했다. 장미꽃을 아주 흉하게 찍기 위해서다. 그 방법만이 오만한 장미꽃을 혼내주는 것이라고 생각했다. 사진가는 상상력에 의해 바다를 하늘로, 하늘 또한 바다로 만들 수 있는 능력이 있다. 상상을 초월하는 모든 것을 창조해내는 게 사진가다.

가시에 수없이 찔리면서도 이 사진을 찍은 것은 한 가지 메시지를 전달하기 위해서였다. '오만함은 패망의 시작이다.'

끝나지 않은
장미꽃과의 싸움

작업실 주변의 아파트 단지 울타리에는 덩굴장미가 만발해 자태를 뽐내고 있다. 장미꽃 사진을 찍을 때마다 날카로운 가시에 찔리는 일이 다반사다. 그것도 모자라 가시에 옷이 찢길 때도 있다. 물론 장미꽃 가시가 먼저 나를 공격하는 것은 아니다. 사진을 찍기 위해 가시에 가까이 접근하는 내 잘못이 더 크다.

오늘 아침도 장미 사진을 찍다가 날카로운 가시에 찔려 화가 치밀었다. 화풀이로 장미꽃을 아주 흉하게 죽어가는 것처럼 찍었다. 그 사진을 보면서 웃음이 절로 났다.

'네가 아무리 뽐내봐야 내 손바닥 안에 있다. 더 끔찍하고 추한 꽃으로 찍을 수도 있다. 그러니 나를 날카로운 가시로 공격하지 말거라.' 엄한 무언의 경고를 했다.

하지만 장미꽃은 가시로 온몸을 칭칭 감고 있어도 많은 사람들의 가슴을 뛰게 하며 사랑의 마음을 일깨운다. 더구나 장미꽃이 내 고향 인천의 시화라는 것을 뒤늦게나마 알게 된 후로는, 장미꽃을 더 아름답게 찍으려고 노력한다.

장미꽃의 종말

그토록 화려한 색으로 치장한 장미꽃이 쭈글쭈글 흉하게 시든 채 우수수 땅에 떨어져 볼품이 없다. 며칠 전만 해도 그 아름다움을 영원히 유지할 것 같더니 결국 오가는 사람들의 발길에 무참히 짓밟히고 있다. 아름다움을 맘껏 뽐내던 장미꽃의 종말은 주목받지 못하는 변변치 못한 꽃들과 다를 게 없었다.

장미꽃을 찍다가 가시에 찔려 흉한 검둥이 꽃으로 만들어버린 사진이 생각났다. 풀을 뜯어서 사람들의 발길이 잦은 길가에 떨어진 장미 꽃잎을 나무 밑으로 쓸어 넣었다. 죽어가는 장미꽃에게 내가 할 수 있는 최소한의 배려라고 생각했다.

땅에 떨어져 사람들에게 무자비하게 짓밟혀 죽어가는 장미에게서 도도함과 아름다움은 전혀 찾아볼 수 없었다. 화려하고 아름답게 피어 있던 때는 많은 사람들의 사랑과 관심을 한 몸에 받았으나 떨어져 쌓이는 꽃잎은 어느 누구도 거들떠보지 않았다. 사람은 장미와 무엇이 다를까.

빨간 열매의 운명은

터질 것 같은 탱탱한 빨간 열매를 보는 순간 '먹고 싶다', '참 예쁘다', '만져보고 싶다', '어쩌면 저렇게 색이 고울까' 등등, 사람의 생각에 따라서 빨간 열매의 운명은 바뀐다. 나는 빨간 열매를 보는 순간 감탄이 절로 나왔다.

"어쩌면 저렇게 색이 고울까?"

그런데 어느 뚱뚱한 중년의 여자는 대뜸 스님에게 저 빨간 열매는 먹을 수 있는 것이냐고 물었다. 나는 그 여자가 뚱뚱한 데는 이유가 있다고 생각했다. 나무 앞으로는 "들어가지 마시오"라고 쓰인 팻말이 꼿꼿하게 서 있었다. 그 여자는 빨간 열매가 달린 나무 주변을 서성거리다가 아쉬운 듯 어디론가 사라졌다.

발가벗은
산수유 열매

올 들어 제일 추운 날 보온이 뛰어나다는 옷을 몇 겹을 겹쳐 입고 사진을 찍으러 갔다. 칼바람이 얼굴을 찢는 듯 매서운 추위다. 카메라 셔터 소리가 매끄럽지 못한 것을 느낄 수가 있었다. 카메라를 가슴 속에 품었다가 꺼내어 찍고 다시 품기를 반복해야 했다. 너무 추워서 카메라마저 얼어버릴 것 같았다.

눈이 내리고 매섭도록 추운 날 다른 나무의 열매들은 일찌감치 땅에 떨어져 썩어 있다. 더러 나무에 달려 있는 열매들도 검게 썩어 있거나 말라서 볼품이 없다. 그런데 산수유 열매는 나무에 꿋꿋이 매달려 있다. 추울수록 빨간색으로 빛난다. 빨간 산수유 열매는 어떻게 그토록 추운 겨울날 알몸으로 당당하게 매달려 있을 수 있을까. 사람들은 모두 춥다고 옷을 두툼하게 입고 다니는데 산수유 열매는 알몸으로 겨울을 어떻게 견뎌내는지 궁금하다.

산수유 열매를 찍으면서 강한 생명력을 느낄 수 있었다. 한겨울에도 탱탱하게 나무에 매달려 있는 새빨간 산수유 열매가 사람들 몸에 좋다는 이야기를 증명이라도 하는 것 같았다. 손으로 만져보고 싶었으나 당장 터질 것 같아 손끝조차 댈 수가 없었다. 발가벗은 산수유가 이 추운 겨울밤을 어떻게 버텨냈는지 궁금해서 대롱대롱 매달려 있는 곳으로 달려간다.

산수유 열매의 유혹

며칠 전까지만 해도 탱탱하던 빨간 산수유 열매는 쪼글쪼글한 모양으로 변해가고 있었다. 그런데 참 이상하게도 열매의 수분 때문에 얼어붙어 터질 것 같은데 멀쩡히 달려 있다. 아마도 추위를 이겨내는 특별한 성분을 가지고 있는 듯하다. 새빨간 산수유 열매는 자꾸만 나를 궁금하게 해서 더 많은 사진을 찍도록 유혹을 한다. 그 순간이 행복하고 즐겁다.

분별없는 욕심에서

12월까지도 탱탱했던 빨간 산수유 열매가 어떻게 되었는지 궁금했다. 노란 산수유꽃이 피어나는 계절이 돌아왔기 때문이다. 그때 수없이 찍었던 산수유나무 밑으로 걸음을 재촉했다. 대부분 산수유 열매는 떨어지고 노란 꽃이 피어나기 시작했다. 하지만 쪼글쪼글해지긴 했어도 여전히 끈질기게 매달려 있는 산수유 열매가 꽤나 많았다. 생명력이 대단하다고 생각했다.

'나도 저 산수유 열매처럼 쪼글쪼글해져도 끈질기게 매달려 살아갈 수는 없을까?' 왜 그런 생각을 하게 되었는지 모르겠다. 모두가 분별없는 욕심에서 비롯된 생각이다. 천하를 움켜쥔 권력자나 대부(大富)라고 해도 마음대로 할 수 없는 게 사람의 생명이다. 그래서 "인명(人命)은 재천(在天)"이라고 한 것이다. 욕심을 내려놓아야 한다.

나 먼저 예쁘게 찍어주세요

모두가 잠든 깜깜한 밤하늘에서 내려온 하얀 눈은 선녀와 같다. 어지럽고 혼란한 세상을 하얗게 덮어주기 때문일까? 사람들 마음도 저토록 하얀 눈을 닮을 수만 있다면 얼마나 좋을까. 나는 어머니가 칠 남매를 먹여 살리기 위해 발이 부르트도록 장사 다니시던 눈 덮인 그 길에 첫 발자국을 남기고 싶었다. 눈 덮인 황톳길은 발걸음을 옮길 때마다 사각사각 소리가 뒤따라와 정겹다.

그토록 못마땅하게 생각했던 꼴사나운 빨간 해당화 열매에도 하얀 눈이 내려와 뾰족한 가시를 숨겨주었다. 하얀 눈을 뒤집어쓴 빨간 열매는 예전과는 다른 모습으로 나를 바라보며 속삭였다.

"미운 마음을 갖고 세상을 바라보면 어찌 나만 밉겠어요. 오늘만큼은 뾰족한 가시일랑 몸 깊숙이 숨겨놓았으니 예쁘게 많이 찍어주세요."

꼴불견으로만 생각했던 빨간 해당화 열매를 천사가 화장을 해주었는지 고운 얼굴을 내밀고 있었다. 사진가의 마음을 사로잡기에 충분했다. 오늘만큼은 미운 마음을 버리고 예쁘게 찍어주겠다는 약속을 하고 나니 여기저기서 나 먼저 예쁘게 찍어달라는 소리가 들려오는 듯했다. 마지막 셔터를 누르고 나니 그렇게 마음이 홀가분할 수 없었다. 날아갈 듯이 기분 좋은 아침이었다.

홍매화를 찾아서

작업실에서 가까이에 홍매화 몇 그루가 있는 곳으로 부지런히 발걸음을 재촉했다. 지난해와 같은 날인데 활짝 피어 있어야 할 꽃이 비실거리며 땅에 떨어지고 있었다. 올해는 강수량이 적어 꽃이 며칠 일찍 피어난 것이다. 홍매화의 개화 시기를 놓친 셈이다. 며칠 전 사진을 공부하는 사람들에게 "봄은 슬며시 왔다가 눈 깜짝할 사이에 사라지니 발에 불이 나도록 뛰어다녀야 좋은 꽃 사진을 찍을 수 있다"고 말한 게 생각났다. 세월이 얼마나 빠르게 지나가는지 누구보다도 먼저 느끼는 게 사진가다.

올해마저 홍매화를 만족스럽게 찍지 못한다면 점점 더 어려울 것 같았다. 몇 그루 되지 않는 나무가 곧 흔적 없이 사라질 것 같았다. 관상용으로 키우는 게 아니기 때문에 홍매화나무 수령이 오래되어 수익성이 떨어진다고 생각하면 매정하게 베어버릴 거라는 생각이 들었다. 내년에는 더 좋은 사진을 찍어야지 하고 그다음 해에 현장에 가보면 흔적 없이 사라진 것을 종종 봐왔다.

더 멀리 북쪽으로 홍매화를 찾아 나섰다. 그런데 기상이 문제였다. 결국 홍매화 꽃이 막 피어나는 곳을 찾아냈다. 그 순간의 기쁨은 사진가가 아니면 느낄 수 없는 행복이다. 보물찾기를 한 셈이니 사진을 잘 찍고 못 찍고는 나중 문제다.

제아무리 인간이 잘났다고 해도 자연의 변화 앞에는 미생물에 불과하다. 시간은 날 위해 기다려주지 않는다. 카메라를 챙겨서 뒤돌아설 때 뿌듯함과 허전함이 항상 교차한다.

빗줄기가
양귀비를

이른 아침 오늘도 어김없이 인천대공원으로 달려갔다. 양귀비 사진을 찍기 위해서다. 해가 떠오를 시간인데 하늘이 먹칠을 해서인지 해가 늦잠을 자고 있다. 천둥소리가 요란하게 귓전을 때렸다. 곧바로 굵은 빗줄기가 우산 위에 퍼붓는다. 하지만 그 소리가 정겹다.

사람들 발걸음도 뜸하다. 그 넓은 밭에 촘촘히 서 있던 양귀비는 고개가 부러진 채 땅에 떨어져 보이지 않았다. 끝까지 버티고 서 있는 양귀비도 볼품없이 고개를 숙이고 있다. 빗줄기는 가차 없이 남아 있는 양귀비마저 잔인하게 몰살하다. 한 송이 양귀비를 살리기 위해 퍼붓는 빗줄기를 우산으로 막아주었다. 어제까지만 해도 그토록 곱던 양귀비는 흉물스럽게 죽어가고 있다.

천둥번개가 왜 비바람을 몰고 와 곱고 연약한 양귀비를 몰살시키려 하는지 자연의 속내를 알 수가 없다. 여기저기서 양귀비들의 울음소리가 들려오는 듯했다. 새벽에 달려와 아침 이슬로 화장을 하고 피어난 양귀비를 만날 때 세상 부러운 게 없었다. 그런 양귀비를 볼 수 없다는 게 너무도 아쉬워 우두커니 서서 바라볼 뿐이었다.

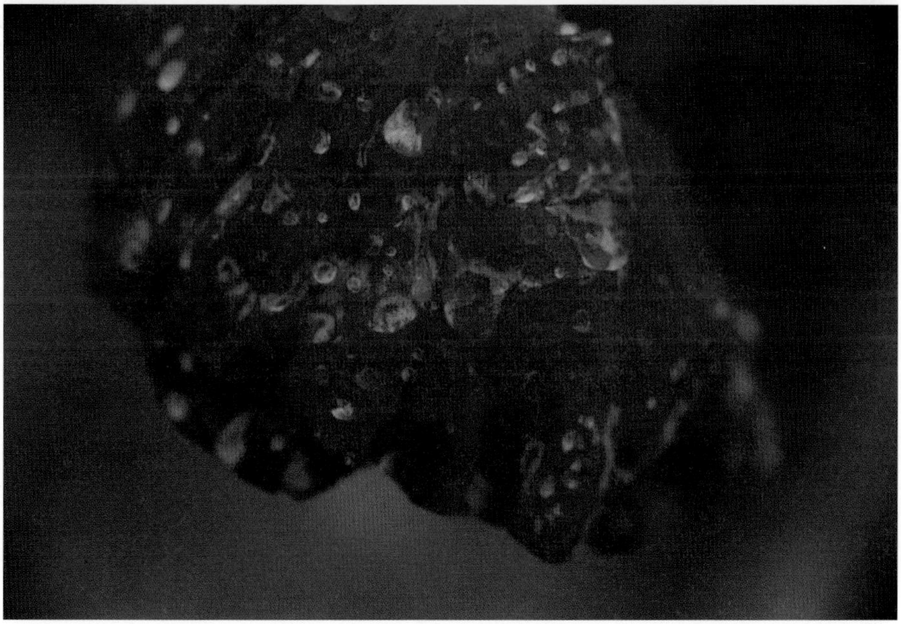

쓰레기를 치우고 나니

지난밤 나쁜 사람들이 버린 쓰레기가 수북이 쌓여 있다. 소주병과 먹다 남은 음식물 쓰레기가 하필이면 꽃 옆에 쌓여 악취를 풍긴다. 쓰레기 바로 옆에 있는 꽃을 찍으려다가 포기했다. 작업실로 돌아와 생각해보니 쓰레기 주변에 피어난 꽃을 찍지 않았다는 것은 사진가로서 문제가 있었다. 검은 비닐 봉투를 들고 다시 그곳에 도착해서 쓰레기를 봉투에 담았다. 가까운 곳에 있는 쓰레기 분리수거함에 버리고 나니 한결 마음이 가볍다.

쓰레기를 치우자 꽃들이 방긋방긋 웃는 것 같았다. 그 길을 3년 동안 다니면서도 보지 못했던 주제가 눈에 확 들어왔다. 정말 신기한 노릇이었다. 미친 듯이 셔터를 눌렀다. 두 다리에 쥐가 나서야 허리를 펴고 하늘을 보았다. 그런 현상은 자연의 여러 가지 변화에 의해 생겨나지만 어느 누구에게나 보여주지 않는다. 하늘이 쓰레기를 치운 내 모습을 보고 좋은 사진 주제를 선물한 듯 여겨졌다. 그래서 착한 일을 많이 해야 한다고 생각했다.

자연과 친구가 된 사람들은 고약한 병에 걸리지 않는다. 설령 현대병에 걸렸다고 해도 자연은 그 병을 치유해주는 신통력이 있다. 그래서 아픈 사람들 중 다수가 짐 싸 들고 자연으로 돌아간다.

능력이 부족하기 때문에

접시꽃에 관심을 갖게 된 것은 도종환 시인의 「접시꽃 당신」이라는 시 한 편 때문이다. 사진가인 나에게는 접시꽃이 그다지 좋은 주제가 아니었다. 꽃이 크고 빽빽이 달라붙어 있는 데다 보통 사람 키보다 더 크기 때문에 사진 찍기가 여간 어려운 게 아니다. 하지만 장미꽃이 질 무렵 피어나기 시작하는 접시꽃이 눈에 보이면 사진을 찍는다. 그렇다고 일부러 찾아다니며 찍지는 않는다. 보이면 찍고 안 보이면 그만인 것이 접시꽃이다.

내가 생각하는 접시꽃은 억센 산골 처녀와 같다. 나는 여러 가지 꽃을 부지런히 찾아다니며 찍는다. 사진을 시작할 때부터 여러 주제를 정해놓고 끊임없이 사진을 찍고 있으나 그 목록에 이름조차 올리지 못한 게 접시꽃이다. 그래도 도종환 시인의 시처럼 접시꽃을 아름답게 찍어보려고는 하지만 번번이 형편없는 사진이 된다. 아직도 사진 찍는 능력이 부족하기 때문이다.

마지막 인사

며칠 전에 사진에 담아온 만발한 영산홍을 다시 찍기 위해 그곳에 가보니 화려하게 피어 있던 영산홍이 희뿌옇게 죽어가고 있었다. 그중 죽지 않고 목을 길게 내민 영산홍 두 잎이 대롱대롱 매달려 마지막 인사를 하며 파르르 떨고 있다. 꽃잎이 땅에 떨어지기 일보 직전이다. 그런데 갑자기 못된 바람이 불어와 매몰차게 꽃잎을 떨어뜨리고 말았다.

겨우내 추위를 이겨내고 몸부림치며 세상 구경을 나온 꽃들의 삶치고는 너무도 짧다고 생각했다. 산수유, 목련, 개나리, 벚꽃, 진달래, 철쭉이 순서대로 세상을 구경하다가 소리 없이 사라진다. 꽃들이 너무 억울해서 세상에 하소연이라도 할 것 같은데 그런 소리를 들어본 적이 없다. 꽃들은 조용히 와서 사람들 마음을 즐겁게 해주고는 소리 없이 세상을 떠난다. 그런 꽃의 삶이 궁금해서 물어보고 싶었지만 대답이 없을 것 같다.

키다리 꽃과
키다리 친구

뻔질나게 오가는 길인데도 보이지 않던 노란 꽃이 활짝 피어나 바람에 살랑이고 있다. 그중에서도 유난히 키가 큰, 꼭 주꾸미 머리를 닮은 꽃이 눈에 띈다.

나는 키가 큰 꽃을 일부러 찾아다니며 사진 찍기를 좋아한다. 주변에 불필요한 것들이 없어서 좋은 사진을 만드는 데 적격이기 때문이다.

키다리 꽃을 찍을 때면 고향 친구가 생각난다. 그 친구는 키가 너무 커서 장대라고 놀림을 받았다. 시내버스를 타면 항상 고개를 기역 자로 구부리고 서서 한 시간을 버텨야 했다. 다행히 승객이 적을 때는 천장에 뚫린 네모난 환기구 아래가 친구의 자리였다. 고개를 그 구멍으로 내밀면 되기 때문이었다. 그렇게 서서 가면서도 친구는 불평 한마디 없었다.

내게는 좋은 친구였기 때문에 친구를 생각하면 키다리 꽃 사진을 더 멋지게 찍고 싶어진다.

접시꽃
한 송이

지난여름이었다. 접시꽃을 찍으려고 이 마을 저 마을을 기웃거리며 찾아보았으나 접시꽃이 보이지 않았다. 나무 그늘 아래 앉아 가만히 생각해보니 접시꽃 피는 계절이 이미 지난 것이었다. 또다시 1년을 기다리거나 아니면 접시꽃 찍는 것을 포기해야 할 판이었다.

원래 접시꽃은 사진을 시작할 때부터 주제에 포함시키지 않았다. 왜냐하면 어느 시인이 너무도 애절하고 아름답게 표현을 해서 사진으로 그 이상을 표현할 수 없다고 생각했기 때문이다. 그래도 한번 찍어보려 했는데, 일을 그르친 것이다.

결국 접시꽃에 관심을 버리기로 하고 발걸음을 옮기는 순간, 나보다 키가 큰 접시꽃 꽃대가 하늘로 치솟아 있는 걸 보았다. 모두가 말라 죽은 맨 끝에 한 송이 연분홍 접시꽃이 하늘에 떠 있는 듯했다. 불쑥 나타난 접시꽃 한 송이는 나를 흥분시키기에 충분했다. 접시꽃 한 송이를 그 시인의 마음처럼 담아보려고 허둥대며 사진을 찍었다.

천하제일
양귀비도

오랜 세월 찍어온 사진 주제에 양귀비와 장미, 코스모스가 포함되어 있다. 세 가지 꽃은 저마다 독특한 아름다움을 지니고 있기 때문에 비교해가면서 사진을 찍는 즐거움이 있다. 하지만 그토록 아름답던 꽃잎이 눈 깜작할 사이에 빛을 잃고 땅에 떨어져 썩어가는 것을 볼 때마다 마음이 울적해진다. 천하제일 양귀비도 예외는 아니구나 생각이 들 때 공허함이 밀려온다.

계절은 꽃을 피우기도 하지만 어렵사리 피어난 꽃을 가차 없이 죽게도 한다. 철저하게 질서를 지키고 있는 것이다. 가녀리며 눈부신 양귀비꽃이 땅에 떨어져 썩어가는 것을 볼 때마다 생명에 대해 생각에 잠긴다. 양귀비를 내년 이맘때 그 장소에서 다시 볼 수 있을지 확신할 수가 없다. 인간이 자연을 마구 파헤쳐 급속도로 변화시키고 있기 때문이다.

양귀비와 수레국화

송도의 넓은 유휴지에는 매년 이맘때가 되면 붉은 양귀비꽃 물결이 출렁인다. 그런데 올해는 양귀비꽃과 보라색 수레국화가 함께 어우러져 있다. 양귀비와 수레국화가 같이 핀 곳에는 수레국화가 더 무성하다. 두 꽃을 비교해보니 양귀비꽃은 하루살이처럼 가냘프기 그지없고, 수레국화는 억세고 단단해 보인다. 당연히 수레국화의 생명력을 이길 수 없다. 그러다 보니 수레국화가 의기양양하게 주인 행세를 하고 있다. 그나마 양귀비 꽃씨만 따로 뿌려놓은 자투리땅에는 근심, 걱정 없이 평화롭게 핀 양귀비가 가득했다.

애당초부터 수레국화와 양귀비 씨앗을 함께 뿌린 게 잘못이라고 생각했다. 동물이나 식물이나 약자는 강자를 이길 방법이 없기 때문에 죽음으로 생을 마감한다. 살아봤자 빌붙어 사는 꼴이니 초라하기 그지없다. 말 못하는 꽃이라고 해서 강자와 약자를 함께 뿌려놓았으니 결국 수레국화만 활개를 치게 된 것이다.

수레국화는 독일 국화이며 꽃말은 행복이다. 강하고 억센 독일 사람들과 잘 어울리는 꽃이라고 생각했다. 양귀비꽃은 유럽이 원산지이며 꽃말은 위로다. 나는 기를 잘 펴지 못하는 양귀비꽃에 카메라 초점을 맞추고 집중했다. 연약한 꽃을 위로해주고 싶었다.

3부

계절과의 동행

귀뚜라미 소리가 멎으면 또 다른 계절이 온다

사계절 속에 살다

사계절이 있는 나라에 사는 사진가는 축복받은 것이다. 자연의 색이 달라지는 모습을 볼 수 있고, 곡식이 익어가는 순서와 철마다 날아오는 철새들을 관찰할 수 있으며, 계절이 지날 때마다 세월의 소중함을 깨우치게 된다. 사진은 빛의 예술이며 자연 속에 숨겨진 보물찾기다. 장엄하게 떠오르는 태양과 황홀한 노을빛이 세상을 곱게 물들이는 그런 나라에서 사진가로 살아가며 위대한 자연과 함께 사는 것을 느끼는 것보다 더 큰 축복이 어디 있겠는가.

사진가는 계절을 먹고 산다

사진가는 계절을 먹고 산다. 계절마다 순서대로 피어나는 꽃을 찾아다니며 사진을 찍어야 하니 그보다 더 큰 축복이 어디 있을까. 하지만 눈 깜작할 사이에 지나가는 세월을 따라다녀야 하니 고단할 수밖에 없다. 개나리, 목련, 벚꽃, 진달래, 홍매화, 홍도화, 철쭉을 좇아다니다가 세월의 길을 잃어버렸다.

내가 지금 서 있는 자리는 되돌아갈 수 없는 먼 곳이라는 걸 알게 된 후 우울함이 찾아와 몹시 괴롭혔다. 그러나 자연 속에서 방황했던 그 순간순간이 사진가로서의 성숙함을 일깨워준 것이라고 생각했다. 사계절이 있다는 것에 감사하고, 순서대로 피어나는 꽃에 감사하고, 새벽 여명과 저녁노을에 감사하고, 하늘과 바다에 감사하고, 미칠 만큼 아름다운 자연에 감사하고, 사진을 찍는 그 감동의 순간을 선물해주신 하나님께 감사하며 멀어져 가는 이 계절에 몸살이 나도록 사진을 찍고 있다.

봄 향기를 찾아

4월 날씨치고는 매우 변덕스럽고 고약하다. 얇은 옷을 입고 나온 탓인지 겨울만큼이나 춥다. 불어오는 바람이 봄바람인지 겨울바람인지 알 수가 없다. 그러나 산수유와 개나리꽃이 활짝 피어나 향기를 흩날린다. 밭에는 나물 캐는 아낙이 봄빛을 맞으며 부지런히 호미질을 한다. 미루나무에 묶여 있는 황소가 그 큰 눈을 껌벅이며 나를 쳐다본다. 눈이 크기 때문에 더 잘 보일까?

흙냄새는 예나 지금이나 참 좋다. 시멘트콘크리트 숲에서 살다 보니 황톳길과 풀냄새가 더욱 그립다. 밭두렁에는 참쑥이 지천으로 올라온다. 아주머니가 무슨 나물을 캐는지 궁금해서 다가가니 나물 향기가 진동을 한다. 뿌리가 굵은 씀바귀, 달래, 민들레다. 하우스에서 인공적으로 재배한 나물과는 비교가 안 될 만큼 향이 진하다. 아주머니는 갖고 온 요구르트를 건네며 마시라고 했다. 처음 보는 사람인데 친근함이 넘쳐난다. 고향의 인심이다. 고향이 더욱 그립다.

봄은 알게 모르게 살며시 다가와 떠날 때도 눈 깜짝할 사이에 사라진다. 찬바람이 불어와 두 손을 비빌 만큼 쌀쌀하다. 그러나 봄은 일찌감치 땅 깊숙이 내려앉았다. 바람이 비껴가는 양지쪽에는 보랏빛 제비꽃이 머리를 내밀었다. 흰나비가 흐느적거리며 날아와 제비꽃에 앉았다. 올해 처음으로 만나는 나비여서 그런지 기분이 참 좋다. 좋은 일이 생기리라 은근히 기대되는, 햇살 고운 아침이다.

새싹

긴 겨울이 지나고 봄이 오면 고목이나 애목이나 어김없이 새싹이 돋아난다. 혹독한 겨울을 이겨내고 승리한 경이로운 결과다. 꽃이 시들어 떨어진 자리에서 연녹색의 싹이 돋아난다. 그 연녹색은 또 다른 신선함과 생명의 신비로 다가온다. 꽃이 시들어 볼품없이 죽어간다고 해서 영원히 죽는 것이 아니다. 오직 변화를 두려워하지 않으면서 자연의 순리대로 살아가는 것일 뿐이다.

참 좋은 계절

겨우내 긴 잠을 자다가 깨어난 나뭇잎과 꽃망울이 여기저기서 터져 나온다. 보기에는 가녀린 것 같지만 단단한 나무껍질을 뚫고 나오는 그 에너지는 상상을 초월한다. 하루가 다르게 피어나 져버리기 전에 사진을 찍어야 한다는 생각뿐이었다. 사진가에게 봄은 고단함을 주면서도 벅찬 기쁨을 선사한다. 육체적 고단함을 감사히 생각하는 계절이 바로 봄이다.

자연은 아무리 생각해보아도 신비롭고 위대하다. 꽃잎 하나 풀잎 하나마저 소중하다. 사진가로 살아가는 나에게는 계절이 주는 즐거움은 어느 것에도 비교할 수 없다. 계절마다 수많은 이야기가 자연 속에 있으나 특히 봄에는 더 많은 소리가 들려온다. 그 소리는 사람 사는 이야기와도 같아서 귀를 기울이게 된다. 자연의 소리를 들을 수 있는 사람은 더없이 행복한 사람이다.

비 오는 날의 외출

온 천지에 마지막 봄꽃을 피우기 위해 하루 종일 빗줄기가 뿌려댄다. 창문을 타고 흘러내리는 빗방울도 질서를 지키면서 대지로 향한다. 일찌감치 세상에 나와 맘껏 뽐내던 꽃들은 눈 깜짝할 사이에 생명을 다한 후 땅에 떨어져 마지막 인사를 하고 있다. 우산을 쓰고 가는 사람들이 떨어진 꽃잎을 무참히 밟고 지나간다. 반면, 비실비실 늦게 피어난 하얀 복련은 보라는 듯이 자태를 뽐내고 있다. 지는 꽃이 있으면 피는 꽃이 있게 마련이다. 그래서 자연이나 사람이나 세상살이는 마찬가지인 것 같다. 권력자, 부자, 가난한 사람 모두 꼭 한 번은 죽음을 맞이하기 때문에 세상은 평등하다. 결국 지나고 보면 모두가 부질없는 삶의 과욕일 뿐이다.

우뚝 솟은 소나무 가지를 비바람이 흔들어 먼지를 털어준다. 인간들이 마구 버린 쓰레기가 흙먼지가 되어 하늘에 쌓여 있는 것을 비바람이 말끔히 청소해준다. 그래서 비 온 다음 날에는 파란 하늘을 볼 수 있다. 그러나 바람이 화가 나면 어떻게 해볼 도리가 없다. 폭풍을 몰고 와 인간들의 안식처를 산산이 조각내기도 하고 회오리바람으로 변해서 닥치는 대로 무차별 분해시킨다. 그토록 무서운 바람도 들에서 열심히 일하며 살아가는 착한 농부에게는 시원한 바람이 되어 땀방울을 닦아준다.

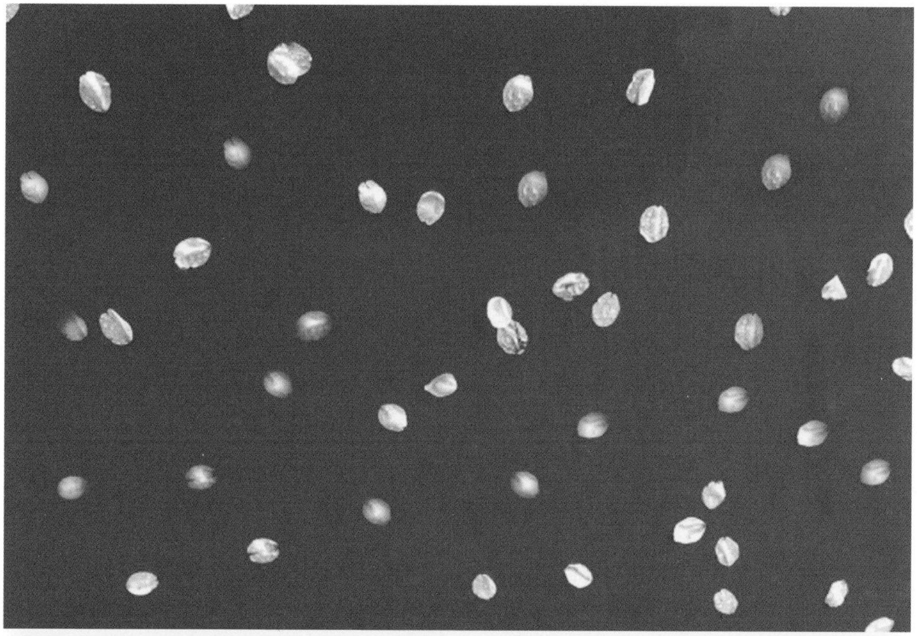

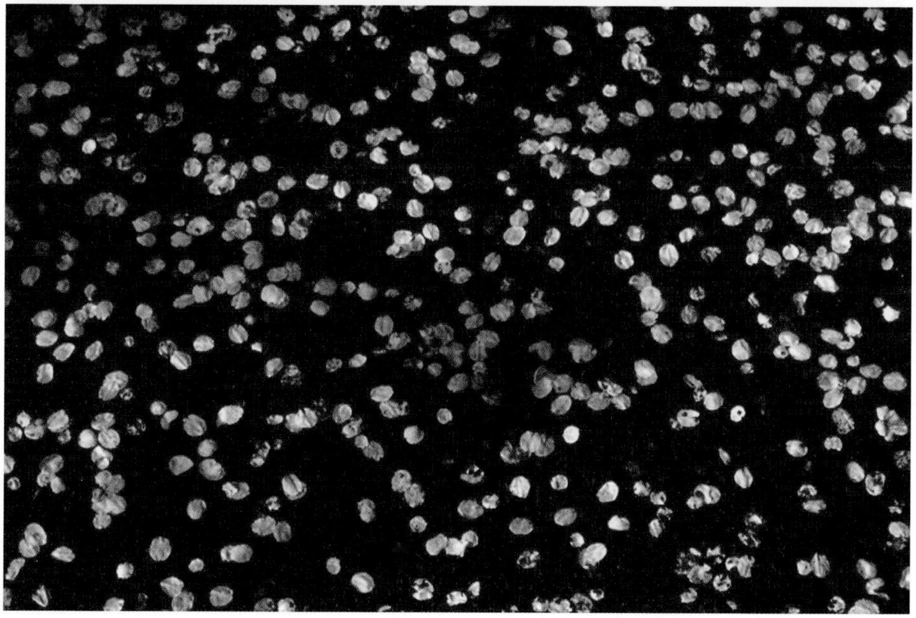

경이로운
자연의 변화

해 뜨는 바다는 볼 때마다 경이롭고 신비스럽다. 아직 물에 잠긴 붉은 태양이 금빛 물결을 만들어낸다. 바닷물은 태양을 겸손히 맞이해 한껏 자태를 뽐낸다. 하루에 두 번 어김없이 바닷물이 밀려가고 밀려온다. 밀려가는 바닷물은 어디로 가는 것이며 밀려오는 바닷물은 어디서 온 것일까? 그 신비스러운 자연의 변화를 볼 때마다 인간이 미생물보다 더 작다는 걸 느낀다.

며칠 동안을 사각의 시멘트콘크리트 공간에서 지내다 보니 남쪽에서 불어오는 바람이 궁금했다. 필름 마운트 작업을 멈추고 카메라 가방을 둘러메고 둑길로 향했다. 바람이 몹시 차갑다. 겨울의 마지막 몸부림인 것 같다. 내가 사는 곳에서 조금만 걸어가면 밀려오는 바닷물과 넓게 펼쳐진 갯벌을 볼 수 있다. 그곳에 흙을 쌓아 만들어 놓은 둑길을 걸어가다 보면 쌓였던 피로가 어느새 사라진다. 흙길은 아주 오랜 친구와 같아서 걸을 때마다 마음이 그렇게 편할 수 없다.

둑길 양쪽으로는 봄 시샘을 하는 짓궂은 바람에 마른 갈대가 얼굴을 비비며 울고 있다. 갈대숲에는 겨우내 볼 수 없던 새들이 다시 찾아왔다. 새가 있는 갈대숲은 생동감이 있어서 참 좋다. 둑길은 소래염전에서 생산한 그 많은 소금을 궤도차로 소래역까지 실어 나르던 철길이었다. 염전이 사라지고 난 후 한적한 길이 되었다.

길 가장자리에는 연초록의 새싹이 고개를 힘겹게 내밀고 있다. 살기 위한 힘겨운 몸부림이다. 바람이 몹시 부는 한적한 둑길에 한 아주머니가 칼을 들고 힘겹게 올라온 싹의 목을 자르고 있다. 나는 가까이 다가가서 무엇을 자르나 살펴보았다. 보일 듯 말 듯 힘겹게 목을 내민 쑥과 소루쟁이 목을 마구 베고 있었다.

"아주머니, 싹이 더 올라와 조금은 바깥세상을 구경하게 한 다음 잘라도 늦지 않을 텐데 너무 어려서 맛이 들었을까요?"

아주머니는 번득이는 칼을 들고 나를 노려보았다. 네가 뭘 아느냐는 눈치였다. 고

향에서 나물 뜯는 아주머니의 편안한 인상과는 너무 달랐다. 겨우 목을 내민 여린 싹이 안쓰러워 한 말인데 단단히 오해를 한 것 같았다.

"댁은 어디서 왔는지 봄나물을 먹어보지 못한 모양이네?"

나는 그 말을 듣고 웃음이 나오는 걸 억지로 참았다. 어린 시절 먹을 게 없어서 밥 대신 나물로 배를 채웠다는 말을 차마 할 수가 없었다. 아주머니를 화나게 하면 변을 당할 수도 있다는 생각에 얼른 자리를 떴다. 바람이 더욱 차갑게 가슴에 스며들었다. 오리 떼가 푸드덕거리며 어디론가 날아갔다.

대단한 축복

이틀 전까지만 해도 인천대공원의 벚꽃이 언제 피려나 했더니 눈 깜짝할 사이에 활짝 피어 하늘을 덮었다. 어떻게들 알았는지 아침부터 사람들로 북적거렸다. 꽃은 많은 사람들에게 사랑을 받는다. 하지만 얼마 지나지 않아 꽃잎은 땅에 떨어져 볼품없이 생을 마감한다. 아무리 꽃이 아름답다고 해도 쉴 사이 없이 떨어져 쌓이는 꽃잎을 쓸어내는 사람에게는 아름답게 보일 리 없다. 그러나 내 눈에는 떨어진 꽃잎이 더 아름답게 보일 때가 있다.

숲은 생명 줄이나 다름없으며, 꽃은 혼란한 마음을 진정시켜 기쁨으로 변화시킨다. 꽃과 숲을 소중히 가꿔야 사람이나 짐승이나 건강하게 살아갈 수 있다. 그런 숲과 꽃동산이 집 가까운 곳에 있다는 것만으로도 나는 대단한 축복을 받은 것이다. 더 아름답게 사진을 찍으려고 고심하는 것은 자연에 감사하는 마음을 전해주고 싶어서이다.

오솔길 걸으며

모처럼 파란 하늘을 보니 답답했던 가슴이 시원하게 뚫리는 것 같다. 고운 햇살이 풀잎에 내려앉아 연녹색으로 곱게 화장을 해주고 있다. 봄이 지나기 전에 노란 개나리꽃이 흐드러지게 핀 오솔길을 걷고 싶었다. 오늘 오후 그런 길을 걸으며 풀 향기에 취해 봄을 가득 가슴에 품었다. 그러나 힘겹게 찾아온 봄은 또다시 떠날 채비를 하고 있다. 하얀 벚꽃 꽃잎은 피기가 무섭게 한 잎 두 잎 바람에 날리고 있다. 혹한의 겨울을 굳세게 참고 세상 구경을 나왔는데 너무 빨리 가버린다.

장수천 따라 구불구불 뻗어 있는 꼬부랑 오솔길이 정겹다. 다른 곳의 개나리꽃은 땅에 떨어져 볼품없이 썩어가고 있는데 장수천의 개나리꽃은 나를 기다리고 있는 듯했다. 개나리 핀 그 길을 걷는 것만으로도 즐겁고 행복하다. 힘겹게 찾아온 봄을 잠시나마 그 자리에 멈추게 할 수는 없을까.

호랑이보다
무서운 세월

"세월이 무섭구나."

어릴 때 고향 마을 아저씨가 하신 말씀이 문득 생각났다. 그 말씀에 호랑이보다 더 무서운 '세월'이라는 짐승이 있다고 생각했다. 요즘 들어 세월이 얼마나 무서운 것인지 더욱 실감하며 살고 있다. 사진가로 살아가면서 유난히 계절을 민감하게 느끼고 세월을 더 무섭게 느낀다.

엊그제 하얀 벚꽃이 흐드러지게 핀 황톳길을 걸으며 마음이 참 편안했다. 며칠이 지나고 '벚꽃이 아직도 피어 있겠지' 생각하며 다시 그곳을 찾았다. 하지만 하얀 벚꽃은 온데간데없이 사라지고 파란 나뭇잎이 자리를 지키고 있었다. 세월이 무섭다는 걸 증명이라도 하는 것 같았다.

자연의 섭리

매년 봄이 오는 길목에는 유난히 날씨가 변덕스럽다. 올해도 어김없이 강풍이 불어와 나뭇가지를 뒤흔든다. 나무들을 긴 잠에서 깨우는 채찍이다. 겨우내 웅크리고 있던 생명체들이 세상 구경을 하기 위해 몸부림치는 소리가 아름답게 들려오는 계절이다.

자연의 섭리처럼 오고 가는 게 인생이다. 혼란스러운 세상에서 적당히 타협하며 사는 것이 삶의 요령일 수도 있겠으나, 그렇지 못한 사람은 자연 속에서 살아가는 방법을 배워야 한다. 내가 사진에 미쳐 사는 것은 다행히 그 자연의 섭리를 일찌감치 깨달았기 때문이다.

360도로
돌변한 계절

"며칠만 더 이렇게 더우면 죽을 것만 같아요."

"사진을 찍다 말고 죽으면 어떡하죠?"

올해 여름은 너무도 잔인했다. 에어컨을 설치해놓고도 전기요금 폭탄이 무서워 참고 참다가 에어컨 전원 버튼을 누르고 말았다. 인내심의 한계를 느끼게 해준 올여름이었다. 유난히 더위를 타는 B 씨의 말이 생각났다. 계절은 B 씨를 살리기 위한 듯 불과 하루 사이에 360도로 돌변했다. 참으로 신기했다. 갑자기 아침부터 시원한 바람이 불어와 긴 옷을 찾아 걸쳐야 했다.

하얀 솜사탕 구름이 밀려오고 저녁노을이 하늘과 대지를 곱게 물들였다. 오랜만에 보는 아름다운 저녁노을이었다. 항상 노을을 생각하며 사진을 찍고 있었으나 서쪽 하늘이 붉은 노을로 돌변할 줄은 꿈에도 생각하지 못했다. 당연히 엉뚱한 곳에서 사진을 찍고 있었다. 가방을 둘러메고 뛰었다. 숨이 목구멍까지 차올라 헉헉거렸다. 그렇게 뛴 보람이 있어서일까, 노을의 끝자락이나마 잡을 수가 있었다.

노을은 순간적으로 사라진다. 사진가에게 마음껏 사진을 찍으라고 기다려주지 않는다. 땀으로 범벅이 된 채 셔터 소리를 멈추고 발길을 돌리며 사진가의 고단한 삶을 생각하게 되었다. 노을을 아름답게 볼 수 있는 눈과 사진으로 남길 수 있는 능력을 선물받았다고 생각하니 몸은 고단해도 마음은 즐거웠다.

이미 노을은 자취를 감추고 가로등 불빛이 환하게 비추었다. 언덕 위에 주저앉았다. 바람이 무척 시원하다. 그렇게 기다리고 기다리던 가을이 찾아온 것이다. 송알송알 맺힌 땀방울이 하나둘 말라갔다. 깜깜한 서쪽 하늘을 바라보았다. 이따금 밤하늘의 구름을 직선으로 가로질러 하얀 선을 긋고 비행기가 지나간다. 이제는 계절도 변덕이 심해진 것 아닐까? 그래도 가을은 잊지 않고 약속을 지키며 찾아오니 얼마나 감사한지 모른다.

소금
첫 수확

꽃이 피는가 하면 눈 깜작할 새 땅에 떨어져 사라지곤 한다. 올해도 예외는 아니다. 지난해 못 찍은 자목련을 올봄에는 꼭 찍으려고 했으나 허사로 돌아갔다. 터질 것 같은 자목련을 찾아 여기저기 헤매다가 결국 꽃이 모두 만개해버려서 원하는 사진을 찍지 못했다. 사진 한 점 만들기가 참 어렵다는 것을 다시 한번 느꼈다. 시간이 조금만 기다려주었으면 좋으련만 올해도 막차를 놓친 꼴이다.

자목련을 찾아다니다가 엉뚱하게 염전에서 처음 수확한 하얀 소금을 만날 수 있었다. 그렇게 반가울 수가 없었다. 인천의 드넓은 천일염전은 모두 사라진 지 오래다. 오늘 만난 염전은 대부도 한편에 위치한 '동주염전'이다. 인천의 염전에 비해 그 규모는 작지만 염전을 만나면 왜 그토록 반가운지 모를 일이다. 한편으로는 고마운 생각도 들었다. 염전을 지켜내려는 주인의 굳은 의지가 보이는 것 같아서였다.

염전 일은 무척 고단하다. 소금은 염부의 땀방울과 태양, 바닷물이 하나가 되어서 만들어지는 결정체이다. 이 세상에 없어서는 안 될 매우 소중한 것이 소금이다. 그런데 왜 인천의 주안염전, 남동염전, 소래염전을 모두 없애버렸는지 참으로 안타깝다. 염전이 생각날 때면 20년 동안 소래염전을 찍어서 만든 『(마지막 소금밭) 소래염전』 사진집을 보며 추억을 떠올린다. 염전은 인천 사람들의 추억과 고단한 삶의 이야기가 배어 있기 때문에 더욱 그리운가 보다.

광안리 해수욕장의 추억

광안리 해수욕장의 밤 풍경은 참 아름다웠다. 게다가 바낫가음악회에서 열창하는 성악가의 소리가 모래사장을 미끄러지듯 흘러 흘러, 파도와 함께 춤을 추고 있었다. 네온사인과 고층 건물에서 바닷물로 떨어지는 그 빛은 너무도 황홀했다.

광안대교의 조명이 시시때때로 바닷물을 색칠했으며 어둠 속에서 빛나는 색채는 모래사장에 내 발을 묶어놓기에 충분했다. 발자국이라도 남기려고 터벅거리며 모래사장을 걸었다. 수많은 사람이 지나간 그 위에 내 발자국은 언제까지 남아 있을까.

바람 몹시
부는 날

갑자기 어디선가 강풍이 불어왔다. 나뭇가지에 아슬아슬하게 매달려 있던 단풍잎이 우수수 떨어졌다. 바람은 어디서 불어오는 것일까. 해마다 단풍이 짙게 물들어갈 무렵에는 어김없이 강풍이 몰아쳐 오니 나무와 약속을 한 것일까. 파란 하늘에 떠 있는 하얀 구름도 바람에 쫓겨 어디론가 빠르게 미끄러져 간다. 억새는 바람을 붙들고 이리 날리고 저리 날리면서도 태양을 받아 은빛으로 반짝인다.

눌러쓴 모자가 벗겨져, 빗물 고인 곳으로 휙 날려간다. 그래도 바람을 탓할 수는 없었다. 내 몸을 날려 보내려고 괴롭히지 않기 때문이다. 오히려 바람 몹시 부는 날은 파란 하늘에 하얀 구름이 두둥실 떠내려와 사진 찍기 참 좋다. 그러나 악착같이 떨어지지 않으려고 매달려 있는 단풍잎에게는 왜 그렇게 매정한지 바람의 속내를 알 수가 없다.

갈대와
억새의 차이

갈대와 억새는 가을의 상징이다. 둘은 자세히 들여다보기 전에는 구분하기 어렵다. 공통점이 많기 때문이다. 생긴 모양새도 비슷하여 일부 사람들은 갈대를 억새로, 억새를 갈대로 착각한다. 둘 모두 가을 햇살이 내리쬘 때 은빛으로 변해 사람들 마음을 사로잡는다.

그러나 이 둘은 전혀 다른 성질이 있다. 갈대는 갯가나 습한 곳에서 서식하는데 억새는 민둥산 등성이나 메마른 언덕 등에서 서식한다. 갯가에 사는 나는 지천으로 널려 있는 갈대를 쉽게 접하기 때문에 당연히 갈대 사진을 많이 찍는다. 그러다 보니 억새보다 갈대에 더 애착이 가는 게 사실이다. 억새보다 갈대를 더 아름답게 찍을 수밖에 없는 이유가 이것인 것 같다.

칠면초와
갈대의 공생

가을이 깊어갈 때 갈대는 황금색으로, 칠면초는 빨간색의 고운 옷으로 갈아입는다. 칠면초는 갯벌에서 서식하는 염생식물이며 갯벌의 높낮이에 따라서 차이는 있겠으나 10센티미터에서 크게는 50여 센티미터까지 자란다. 갈대 또한 습한 곳에서 서식하는데 주로 갯벌 변두리에 군락을 이루며 사람 키보다 더 크게 자라기도 한다.

인천 연안의 갯벌이 야금야금 매립되면서 칠면초는 더욱 귀한 존재가 되었다. 드넓은 영종도 갯벌마저 매립되면서 이제는 영종도에서 칠면초 보기가 쉽지 않다. 그나마 시흥 쪽과 인천의 만수동, 서창동 쪽으로 뻗은 소래 갯골을 따라 칠면초와 갈대 군락이 명맥을 유지하고 있다. 시월이 되면 아침 햇살을 받아 갈대와 칠면초가 그 색을 더욱 곱게 빛낸다.

갈대는 가을바람에 장단을 맞춰 춤을 추며 노래를 한다. 갈대숲에서 살아가는 작은 새들도 목이 터지도록 노래를 부른다. 새들과 갈대의 노랫소리는 모두 이별의 노래로 들려온다. 갈대숲이 발가벗게 되면 휑하니 속살이 드러난다. 그때가 되면 새들은 어디론가 떠나야 하기 때문에 이별의 노래를 부르는 것이다. 이래저래 가을은 이별의 계절이다. 그래서 파도처럼 밀려오는 그리움에 밤을 하얗게 지새운다.

깊어가는 가을에

그토록 울던 매미가 사라지더니 쓰르라미가 밤낮으로 울어댔다. 쓰르라미 울음소리가 더욱 커지는 건 여름이 지나간다는 신호다. 곤충들은 계절마다 어김없이 찾아와 계절이 지날 즈음 슬며시 사라지곤 한다. 어디로 간 것일까. 매미와 쓰르라미 울음소리가 멈추고 난 후 귀뚜라미가 찌르르 찌르르 울고 있다. 귀뚜라미는 가을을 좋아하는 것일까.

귀뚜라미 울음소리에 묻혀 걸으며 생각에 잠긴다. 그리운 사람이 더욱 그립고, 먼 날의 추억이 가까이 다가와 애절함을 불러온다.

가까운 곳이건 먼 곳이건 걷다 보면 목적지에 도착하게 된다. 목적지는 또 다른 목적지를 향해 유혹한다. 그러나 걸어도 걸어도 허전한 마음을 채울 방법이 없다. 가을이기에 더욱 그런가 보다.

내가 걸을 수 있는 길은 50여 분 거리다. 더 걷고 싶어도 걸어온 길을 또다시 걷고 싶지 않기 때문에 멈추는 지점이 50분 거리에 있다. 그 길 막바지에 늙은 아름드리나무가 호숫가에 줄지어 서 있다. 호수와 나무를 한눈에 바라볼 수 있는 나지막한 언덕 위 넓적한 바위에 앉았다. 그리고 두 눈을 감았다. 송알송알 맺힌 땀방울이 말라버리고 어느새 스산한 바람이 가슴으로 스며든다. 그 바람 속에는 그리움이 함께 있다.

먼 곳에 있는 보고 싶은 친구의 모습이 밀려온다. 어디론가 훌쩍 떠나고 싶은 마음을 가라앉힌다. 바람 소리, 귀뚜라미 울음소리를 들으며 그리움을 녹인다. 귀뚜라미 울음소리가 멈추고 나면 또 다른 계절이 찾아오겠지.

어느새
황금 들녘이

엊그제 모내기를 한 것 같은데 어린 파란 싹이 어느새 황금색으로 물들어 들판에 일렁인다. 타들어 가는 가뭄을 이겨낸 고개 숙인 누런 벼 이삭은 농부의 땅방울과 정성의 결과물이다.

벌써 한쪽에서는 육중한 트랙터가 분주하게 움직이고 있다. 올해는 유난히 가물어서 수확량이 줄 거라는 내 생각은 빗나갔다. 오히려 수확량이 더 늘었다고 한다. 농부들이 얼마나 많은 땀방울을 쏟아냈으면 벼 이삭이 그토록 혹독한 가뭄을 이겨냈을까.

예로부터 우리 민족은 부지런하고 성실하며 땀 흘리는 것을 고맙게 생각해왔다. 그래서 하늘이 색색의 사계절을 주셨으며 가을에는 아름답고 풍요로운 황금 들판을 주신 것일지 모른다.

논가의 코스모스도 떠날 준비에 바쁜 황금 들판을 바라보면서 이별이 아쉬워 마지막 인사를 하고 있었다. 만사 제쳐놓고 며칠 동안 정신없이 황금 들판을 찾아 사진을 찍어서인지 몸살이 났다. 그래도 나는 행복하다. 황금 들판을 바라만 보아도 마음이 설레며 배가 부르니 나는 영원한 농부의 아들이다.

늦가을
들녘 풍경

올해는 꼭 황금벌판을 찍어야겠다고 벼르다가 그 시기를 놓치고 말았다. 추수가 모두 끝난 들판은 황량하기만 하다. 어렵사리 사진을 시작할 때만 해도 대문 열고 조금만 걸어가면 아름다운 고향 풍경이 사방에 펼쳐져 있었기 때문에 구태여 멀리 갈 필요가 없었다. 그런데 고향이 모두 사라져 더 멀리 가야 하니 시간이 낭비되는 것은 물론이고, 아련한 고향의 사진을 찍기는 더욱 어려워졌다.

어릴 적에는 허벅지까지 빠지는 진흙탕 논에서 낫으로 한 포기 한 포기 벼를 베어 묶어서 논둑에 걸쳐놓았다. 여러 사람이 부지런히 벼를 베도 며칠이 걸렸다. 죽기 살기로 하지 않으면 못할 일이었다. 논둑에서 말린 볏단은 며칠 동안 지게로 날라 타작을 한다. 둘이서 밟는 발탈곡기가 붕까 붕까 소리를 내면서 돌아갈 때, 볏단의 크기를 알맞게 해서 돌아가는 탈곡기에 대면 탈곡이 된다. 첫 번째 사람이 반쯤 턴 볏단을 옆 사람에게 넘겨주는데 잘못 받으면 탈곡기에 볏짚이 엉켜서 탈곡기가 멈추게 된다. 그럴 때마다 두 사람이 티격태격하는 모습은 쉽게 볼 수 있는 소박한 풍경이었다.

마른 볏짚은 비가 스며들지 않게 쌓아두었다가 겨울 농한기에 새끼를 꼬거나 초가지붕에 얹을 이엉을 엮는 데 사용했으며 남는 것은 땔감으로 사용했다. 그런데 요즘은 거대한 농기계가 벼를 베는 동시에 탈곡이 되니 참으로 신기하다. 한 사람이 농기계만 조작하면 모든 것은 기계가 알아서 척척 해주니 편리한 세상이다. 볏짚이 논바닥에서 마르면 또 다른 기계가 볏짚을 둘둘 말아서 비닐로 포장까지 해준다. 포장된 볏짚은 소 사료로 귀하게 사용한다고 하니 사람이나 짐승이나 변한 게 한두 가지가 아니다.

늦가을 벼를 모두 벤 아침 들녘은 서리를 맞고 고개를 숙인 코스모스보다 더 쓸쓸하다. 벼를 벤 자리에는 파란 싹이 돋아나고 있었다. 햇살을 받은 새싹은 여리고 고운 모습이다. 지난밤 가을비가 내린 탓에 하늘은 더 높고 푸르다. 논가의 밭에서는 부지런한 할머니가 내년에 수확할 마늘을 심고 있었다. 하늘에는 철새 떼가 꺼욱 꺼욱 소리를 내며 날고 있다. 이 가을이 지나고 나면 또다시 가을이 찾아온다. 그러나 일 년 후 좋은 사진을 만든다는 보장은 없다. 그래서 사진가는 한 점의 사진을 만들기 위해 계절보다 더 빨리 고달프도록 숨겨진 보물을 찾아다녀야 한다.

가을 들녘에 취한 3일간의 사진 여행

햇살이 무척이나 고운 날 가을 들녘을 찾기 위해 짐 보따리를 꾸렸다. 올가을에는 평소에 생각하고 있던 농촌의 가을 풍경을 꼭 찍어야겠다는 생각에서다. 영월과 제천, 단양을 목표로 3일간의 여정을 작정했다. 되도록 깊은 산골 마을을 찾아다니기로 했다. 문명의 그늘이 싫어서였다. 현지에 도착하면서부터 시간이 나를 기다려주지 않는다는 사실을 다시 한번 깨달았다. 생각보다 빨리 수확을 시작했던 것이다.

어딜 가나 내 나라 농촌의 가을은 아름답고 풍요로웠다. 굳이 많은 여행 경비를 써가며 외국으로 떠나지 않아도 가볼 만한 곳이 많은 나라다. 땅덩어리도 작은 게 아니다. 하지만 산골 마을은 아름다움 속에 쓸쓸함이 짙게 깔려 있었다. 가는 곳마다 허리 굽은 할머니, 할아버지가 들에서 일을 하고 계셨다. 활기 넘쳐야 할 수확기인데 적막감이 감돌 만큼 조용했다. 농촌이 점점 늙어가고 있다는 것을 쉽게 알 수가 있었다.

자식들이 모두 도시로 떠난 토담집에서 할머니, 할아버지는 풍성한 들녘을 가꾸기 위해 얼마나 많은 땀방울을 쏟아냈을까. 앞마당 감나무에는 붉은 감이 주렁주렁 매달려 있었다. 울타리의 늙은 밤나무, 대추나무에는 입을 벌린 밤송이와 빨간 대추가 가지가 휘어지게 매달려 있었다. 예전 같으면 여물기도 전에 나무에 올라 장대로 내리쳐서 따 먹었던 열매들이다.

바닥에 떨어진 대추며 밤알마저 주인을 잃어버린 듯했다. 밤알과 대추 몇 알을 주워서 주머니에 넣었다. 지난해까지만 해도 수수밭이며 콩밭이 그리 많지가 않았었다. 어린 시절에는 쌀이 귀했기 때문에 삼시 세끼 억지로 먹어야 했던 잡곡들이다. 그러나 요즘 세상에는 수수와 콩이 오히려 쌀보다 더 귀한 대접을 받고 있다. 밭 주위를 자세히 살펴보니 계약재배를 하는 것 같았다. 참으로 다행이다. 사라져가는 우리 토종 농산물을 지키기 위해서라도 계속해서 더 많이 재배해야 한다고 생각했다.

다섯 시에 일어나 종일 운전을 해가며 구석구석 주제를 찾아 고단한 걸음을 옮기지만, 마음은 항상 감동으로 차 있다. 가을 햇살이 곱고 농촌 풍경이 그렇게 아름다울 수가 없었다.

가을은 다가오는데

며칠 전까지만 해도 아침부터 줄기차게 울어대던 왕매미가 슬며시 자취를 감췄다. 그 자리에서 작은 쓰르라미가 목이 터지도록 울어댄다. 고추잠자리가 하늘 높이 날고, 황톳길 옆 늙은 밤나무에 매달린 밤송이가 하루가 다르게 커간다. 가을이 다가오고 있다는 걸 사람보다 빨리 알아차리는 게 자연이다.

예전에는 길가에 핀 코스모스로 가을이 왔음을 실감했다. 그런데 요즘 코스모스는 시도 때도 없이 피고 진다. 가을을 상징하는 꽃으로 보기에는 다소 신선함이 떨어지는 게 사실이다. 그렇지만 나는 코스모스를 소박하며 소녀 같은 꽃이라고 생각하기 때문에 사진의 주제 가운데 으뜸으로 삼는다.

사람이든 꽃이든 이 세상을 살아가는 모든 생명에게 영원이란 존재하지 않는다. 천하의 절색이나 최고의 권력자, 부를 주체할 수 없는 재력가도 결국은 삶의 끝자락에 서는 것을 피할 수 없다. 그토록 아름답던 장미나 양귀비도 결국은 흉하게 죽어가듯이 사람 또한 마찬가지다.

나누고 베푸는 데 인색해서는 삶의 끝자락에서조차 그 모습이 더욱 흉할 수 있다. 아름답게 죽으려면 내 안의 모든 것을 버릴 수 있는 용기와 지혜가 필요하다. 그것이 있어야 떠나는 길이 홀가분하고 아름답다는 사실을 자연에서 배운다.

아무래도 가을은

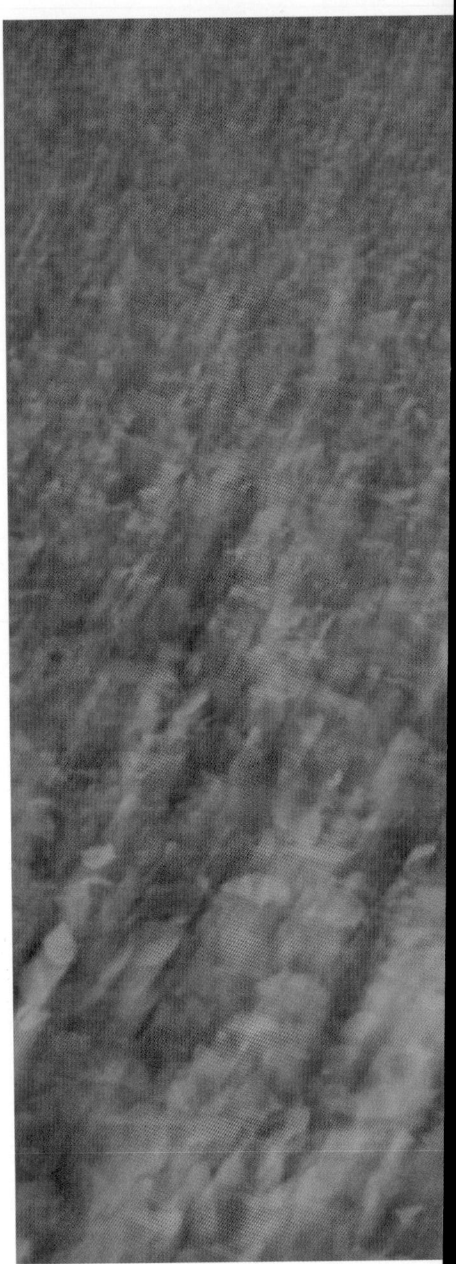

아무래도 가을은 곱게 물든 단풍과 낙엽의 계절이다. 그래서 사진의 주제도 당연히 단풍이 으뜸이다. 꽃이 아니면서도 꽃보다 더 아름다운 단풍은 그야말로 사람의 마음을 사로잡기에 충분하다. 말라 떨어지면 그만인데 왜 그토록 고운 색으로 치장을 하고 세상을 떠나는지 참으로 신기하다. 사람도 죽을 때 고운 단풍처럼 아름답게 죽을 수 있다면 얼마나 좋을까.

코스모스 앞에 서면

어느새 가을이 깊어가고 있다. 나는 계절의 변화를 달력을 보고 아는 것이 아니다. 사진을 찍으면서 자연의 변화가 계절을 알려준다는 것을 일찌감치 깨달았다. 그래서 계절에 맞는 사진 주제를 부지런히 찾아다닌다. 가을에 꽃을 찍는다면 당연히 코스모스다. 물론 사람들이 계절에 관계없이 코스모스를 심어서 한여름에도 피도록 하다 보니 변형된 이상한 코스모스가 생겨난다.

오늘은 추석이다. 눈을 뜨자마자 카메라 가방을 둘러메고 코스모스를 찾아 달려갔다. 오히려 이런 날이 차분히 사진 찍는 데 안성맞춤이다. 사진 찍는 사람들이 드물기 때문이다. 안개 낀 들판에는 코스모스가 그 모습을 드러냈다. 그런데 모두 키 작은 종자인지 땅바닥에 주저앉아 있는 듯하다. 아침 이슬이 바짓단을 흠뻑 적셨다. 아침 이슬을 먹고 피어난 가녀린 코스모스는 이름 모를 예쁜 소녀와 같다. 지난여름 그 혹독한 더위를 이겨내고 땅속에서 올라와 꽃을 피운 것만으로도 감사할 일이다.

비록 코스모스가 지난해와 같지는 않아도 더 아름답게 찍고 싶었다. 코스모스 앞에 서면 알 수 없는 신선함과 소박함이 느껴진다. 또한 투명한 꽃잎은 혼란한 마음을 진정시켜준다. 그래서 코스모스 피는 계절이 오면 가슴이 더 뛴다.

이맘때가 되면

올해 이맘때도 어김없이 그 자리를 서성거렸다. 지난해와 마찬가지로 사진 찍을 만한 코스모스를 찾기 위해서다. 그런데 코스모스는 마음처럼 쉽게 내 앞에 나타나지 않았다. 물론 코스모스밭에 왔으니 코스모스가 없을 리 없다. 그렇다고 해서 모든 코스모스가 선뜻 모델처럼 포즈를 취해주지는 않는다. 행여나 좋은 주제가 나타나지나 않을까 하는 마음에 그 자리를 빙빙 돌았다.

좋은 사진 주제는 시간과 해 뜨는 각도, 날씨를 비롯해서 자연의 변화에 따라서 나타나기도 한다. 그런 주제를 찾으면 두 종아리에 쥐가 날 때까지 쪼그리고 앉아 이리 보고 저리 보며 셔터를 누른다. 게다가 솔바람이라도 부는 날이면 바람이 부는 대로 카메라 셔터를 누르며 따라다녀야 한다.

오늘도 가을바람에 살랑이는 코스모스 앞에 서서 해 저무는 줄 모르고 서성거리다가 또 하루를 보냈다. 언제까지 코스모스를 찾아 방랑자처럼 살아야 하는지 나도 모른다. 가을이 눈 깜짝할 사이에 중간 지점을 지나가고 있다. 가을을 따라 코스모스도 떠날 준비를 하고 있다. 이 세상에는 모두가 이별뿐이다.

이별 준비

몸을 너무 혹사시킨 탓에 결국 고장이 났다. 온몸이 뜨겁게 달아오르고 꼼짝할 수 없다. 일주일 내내 아침저녁으로 코스모스에 미친 탓이다. 하늘엔 하얀 뭉게구름이 피어올랐다. 끙끙거리며 카메라 가방을 챙겼다. 늦기 전에 뭉게구름을 좇아 코스모스를 만나러 가야 한다. 자연 속에서 사진을 찍을 때는 어디서 그런 신비로운 힘이 생기는지 비실대던 몸이 날렵해지며 아픔은 씻은 듯이 사라진다.

밤새 몰아친 비바람에 코스모스 잎이 모두 떨어졌을 거라고 생각했는데, 염려와는 달리 언제 비바람이 몰아쳤냐는 듯 코스모스는 선명한 색을 유지하며 바람과 함께 춤을 추고 있었다. 가을바람과 코스모스는 흐릿한 정신을 맑게 해주는 데 특효약이다. 황톳길에는 간밤에 내린 비가 고여 있다. 고약한 바람이 불어와 색색의 코스모스 잎을 털어서 하필이면 흙탕물이 고인 곳으로 날려보냈다.

가을이 모든 생명체들에게 갈 길을 재촉하고 있다. 고추잠자리가 마른 가지에서 휴식하고 있다. 고추잠자리도 어디론가 떠나겠지. 코스모스에게는 좋은 친구들이 참 많다. 상큼한 바람, 하얀 뭉게구름, 고추잠자리, 철새, 저녁노을, 억새, 그 모두가 친구다. 그런 코스모스를 찍을 수 있는 것만으로도 과분한 행복이다.

늦잠을 자다 놀란 반달이 삭정이에 매달려 있다. 태양은 하늘에서 내려와 수평선과 입맞춤을 하고 있다. 모두가 이별 준비를 하는 것 같았다. 하얀 뭉게구름은 뿔뿔이 흩어져 어디론가 자취를 감추고 있다. 모든 생명체들은 이별에 익숙해져 있나 보다. 갯골에 밀려왔던 바닷물은 또다시 흘러 흘러 어디로 간 것일까. 코스모스마저 그 화사했던 모습을 감추는 시간이다.

때늦은 코스모스

올해 대부도의 코스모스는 영양실조에 걸린 것처럼 초라하다. 가뭄이 그 원인이다. 코스모스 본래의 모습이 아니었다. 키가 몽당연필처럼 작고 비실비실하다. 안개마저 자욱해 파란 하늘을 볼 수가 없었다. 높고 파란 가을 하늘이 있기에 코스모스를 더 곱게 볼 수 있었던 것이다.

벌써 대부도의 가을은 어디론가 떠날 준비를 하고 있는데 코스모스만큼은 눈치를 채지 못한 것 같았다. 가뭄으로 인해 개화 시기를 놓친 코스모스마저 꽃을 피워 보기도 전에 말라 죽어가고 있었다. 가을이 깊어지면 하얀 무서리가 코스모스를 덮칠 텐데 어떻게 견뎌낼지 궁금하다. 무서리는 단 한 번에 코스모스를 전멸시킬 수 있는 무서운 적이기 때문이다.

네,
행복합니다

계절을 잊은 코스모스는 가을을 채찍질하는 바람과 함께 살랑살랑 춤을 추고 있었다. 나도 함께 바람 따라, 코스모스 향에 취해 춤을 추듯이 정신없이 셔터를 눌렀다. 휙휙 지나가는 계절이 아쉬웠다. 목을 길게 내민 가녀린 코스모스도 계절에 떠밀려 흔적 없이 사라질 거라는 생각에 마음이 조급했다.

지나가는 아낙이 정신없이 사진을 찍는 내 모습을 물끄러미 바라보다가 말을 걸었다.

"행복하시겠어요?"

그 말이 바람을 타고 귓전에 곱게 내려앉았다.

"네, 행복합니다."

가을바람과 코스모스와 나는, 함께 이별의 노래를 부르며 춤을 추었다. 나는 행복합니다.

심술궂은 가을바람

사람도 계절이 바뀔 때마다 옷을 갈아입듯이 나무도 색색의 옷으로 갈아입는다. 지구에서는 나무가 먼저 태어났기 때문에 사람들이 옷을 갈아입는 방법을 나무에게 배웠나 보다. 우수수 떨어지는 노란 나뭇잎 사이로 드러난 빨간 열매는 불타오르는 태양과 지난여름 무섭게 몰아친 폭우를 이겨낸 결과물이다. 하늘이 먹구름으로 칠을 해서 빗방울을 뿌리며 나뭇잎을 털어내고 있다. 가을바람은 왜 그토록 심술궂은 것일까. 그 속에서 알몸으로 매달려 있는 빨간 열매의 싱그러움에 발걸음을 멈추고 말았다.

귀뚜라미 노래하는 밤에

작은 호숫가 넓적한 바위에 앉아 서쪽 하늘을 바라본다. 깜깜한 밤에도 악보를 보고 노래하는지 알 수는 없지만 귀뚜라미는 숲속 무대에서 박자를 잘 맞춰 합창한다. 며칠 전까지 목이 터지도록 울어대던 매미는 모두 죽었나 보다. 매미가 울던 그 자리에 가을 귀뚜라미가 찌르르 찌르르 울고 있다. 고목나무 아래 억새가 바람에 살랑인다. 억새도 지난여름 폭염에 무척 고생했을 거라는 생각을 해본다.

검은 구름이 서쪽 하늘에서 밀려왔다. 며칠 전 붉은 저녁노을을 잊지 못해 해가 서쪽으로 기울기를 기다리는 중이다. 하지만 가로등 불빛이 주위를 비출 뿐, 생각했던 붉은 노을은 하늘 어디에도 보이지 않았다. 세상사가 생각한 대로 이루어진다면 얼마나 좋을까.

하늘에는 오리 떼가 줄지어 어디론가 날아가고 있다. 맨 앞에 한 마리가 날고 그 뒤를 질서 정연하게 따라가고 있다. 사람들보다 질서를 잘 지키는 것 같았다.

가을은 이제 시작일 뿐인데 눈 깜작할 사이에 소리 없이 떠나는 꿈을 꾼다. 쓸쓸함만을 세상에 뿌리는 가을을 왜 그토록 기다렸을까. 올가을에는 후회 없는 사진을 찍자고 다짐했다. 계절이 바뀔 때마다 아쉬움만 남는 그런 사진은 찍지 말자고 다짐을 하지만 결국 지키지 못한 채 세월만 흐른다. 세월이 아니라 게으른 내 탓이다. 세월이 기다려줄 거라는 바보 같은 생각을 버려야 좋은 사진을 찍을 수 있다.

인천대공원의 늦가을

가을이 이 땅에 머물 수 있는 시간이 얼마 남지 않은 것 같다. 떨어져 수북이 쌓이는 낙엽과 파란 하늘에 두둥실 떠가는 구름이 매몰차게 가을을 몰아내고 있다. 먼 곳으로의 단풍 여행을 떠날 수 없기 때문에 가을이 되면 가까운 인천대공원을 찾는다. 올해는 늦게나마 마지막 가을을 만나기 위해 찾은 것인데 여기저기 쓸쓸함만이 가득하다.

무심코 떨어진 낙엽을 밟고 지나가는 사람들의 발걸음은 지나가는 가을만큼이나 빠르다. 새빨간 산수유 열매는 더욱 빨갛게 물들어 알몸으로 자태를 뽐내고 있다. 오히려 당당하게 죽음을 맞이하려는 산수유가 경이롭다. 조심스럽게 낙엽을 밟으며 지난날을 생각해본다. 그리고 잘못한 것과 잘한 것을 나누어본다. 지금 내 삶은 어디를 향해 가고 있는 것일까?

저 하늘 끝에는

시흥갯골생태공원 언덕 위의 흔들의자에 앉아 서쪽 하늘을 바라본다. 저 하늘 끝에는 누가 살고 있을까? 먹구름이 서서히 밀려오는데 철새들은 아랑곳하지 않고 하늘을 날고 있다. 행여나 하늘 끝 마을에서 철새들이 기쁜 소식을 전해주려고 날아오는 것은 아닐까? 갈대숲에 숨어서 재잘거리는 새들의 합창 소리가 정겹다.

제3경인고속도로에는 차량의 행렬이 꼬리를 물고 쉼 없이 이어진다. 저 많은 차량들은 모두 목적지가 있겠지. 하지만 나는 지금 어디를 향해 숨 가쁘게 달려가고 있는지 분명하지 않다. 하나둘 사라지는 코스모스를 찍다가 심술궂게 불어온 바람에 멍하니 하늘만 바라보고 있다. 바람, 구름, 코스모스, 철새가 슬며시 왔다가 어디론가 허겁지겁 떠난다. 모두가 떠나야만 하는 계절이 야속하기만 하다.

단풍을 찍기 위해

올해는 지난해에 찍지 못한 단풍 사진을 찍기 위해 전력을 다했다. 사람들은 종종 내게 묻는다. “사진 찍으러 국내외로 많이 다녀서 참 좋겠네요?” 그럴 때마다 나는 웃음으로 답한다. 그 사람들이 생각하는 것처럼 단풍철이라고 해서 국내는 물론이고 외국의 유명한 지역을 찾아다니며 사진을 찍을 수 있는 시간적 여유가 없다. 그러다 보니 가까운 주변에서 주제를 찾는다.

나는 관광을 목적으로 여행을 하지 않으며 오직 사진을 찍기 위해 살아가는 사람이다. 그래서 되도록이면 명소를 찾아다니며 사진을 찍으려고 하지 않는다. 어떻게 하면 좋은 사진을 만들까? 그 생각이 중요하지 명소가 중요한 게 아니다.

사진은 시간과의 전쟁이라고 할 만큼 시간이 매우 중요하기 때문에 한 장소를 수없이 찾아가 찍어야 좋은 사진을 만들 수 있다. 나는 한두 번 오가며 사진을 찍어서 좋은 사진을 만들 수 있는 능력이 부족하다. 그래서 주제를 정해놓고 끊임없이 반복해서 사진 작업을 한다.

단풍의 계절이 오면 우리나라 각지 단풍의 명소에 관광객과 사진가들이 물밀듯이 몰려들어 인산인해를 이룬다. 그런 곳에서 사진을 찍어봐야 신선함이 없음은 물론이고, 비록 관광객들의 눈은 즐겁게 해주지만 명작을 기대하기란 쉽지 않다. 명작은 희소성과 예술성이 함께 어우러져야 탄생한다.

은행잎은 왜 노란색으로 물들까

가을이 시작되면서부터 나무들은 제 몸에 붙어 1년을 살아온 나뭇잎을 제각각 고운 색으로 물들인다. 어쩔 수 없는 이별을 준비하는 것이다. 혹독한 추위 속에 긴 겨울을 이겨내야만 새봄에 다시 싹을 틔울 수 있다는 사실을 알고 있기 때문이다. 지난날 폭우와 뙤약볕을 모두 이겨내고 함께 오순도순 살아온 나뭇잎을 멀리 떠나보내는 아픔을 참아야 하는 나무야말로 인내심은 물론이고 지혜의 본보기가 아닐까 싶다.

그중에서도 은행나무는 천 년을 한결같이 나뭇잎을 노란색으로 물들여 가을의 끝자락에서 한 잎 한 잎 털어버리고 있다. 열매 또한 나뭇잎과 마찬가지로 노랗게 물들여 사람들에게 모두 선물한다. 그런데 은행나무는 왜 하고많은 색 중에서 나뭇잎과 열매를 노란색으로 물들일까? 천 년을 살아온 황금빛 나무 아래 서면 저절로 고개가 숙여지고 엄숙해지는 그 이유가 궁금하다.

인간이 큰소리치며 이 세상을 모두 지배하고 산다 해도, 겨우 100년을 조금 넘게 살다가 죽음을 맞이한다. 묵묵히 천 년을 살아온 은행나무 앞에 서면 인간이 얼마나 작고 보잘것없는 존재인지 느끼게 된다. 심술궂은 늦가을 바람에 노란 은행잎 우수수 떨어지는 소리로 잠 못 이루는 계절이다.

하필이면
첫눈 내리는 날

첫눈 사진을 찍기 위해 헉헉거리며 뛰었다. 하필이면 첫눈 내리는 날 카메라 가방을 작업실에 두고 온 것이다. 날씨가 포근한 탓에 함박눈이 땅에 떨어지자마자 모두 녹아 물로 변했다. 게다가 펑펑 쏟아지던 함박눈이 싸락눈으로 변했다. 싸락눈은 산수유 열매에 쌓이기도 전에 녹아서 열매를 더욱 빨간색으로 물들였다.

눈이 내린다고 해도 눈 사진을 찍기는 쉽지 않다. 눈에 맞는 주제가 어우러져야 좋은 사진이 될 수 있다. 평상시에 주제를 물색해두었다가 눈이 내리는 순간 그곳으로 달려가야 한다. 비록 좋은 눈 사진을 찍지는 못했어도 한 가지 소중한 사실을 새삼 깨달았다.

'사진가는 항상 카메라를 가지고 다녀야 한다.'

요즘 서리는

서리가 색색의 꽃으로 피어났나. 서리는 본디 하얀색으로, 초겨울이나 날씨가 소금은 포근한 겨울날 이른 아침에 꽃을 피운다. 서리는 사진 찍는 나보다 더 부지런하다. 서리가 내린 날은 따듯해서 가슴이 따듯한 사람을 생각나게 한다.

요즘 서리는 가지각색이다. 빨간 바탕에는 빨간 꽃을 피우고 하얀 바탕에는 하얀 꽃을 피운다. 서리도 세계화에 동참하는 것 같다. 게다가 사진만큼이나 색을 좋아하는가 보다.

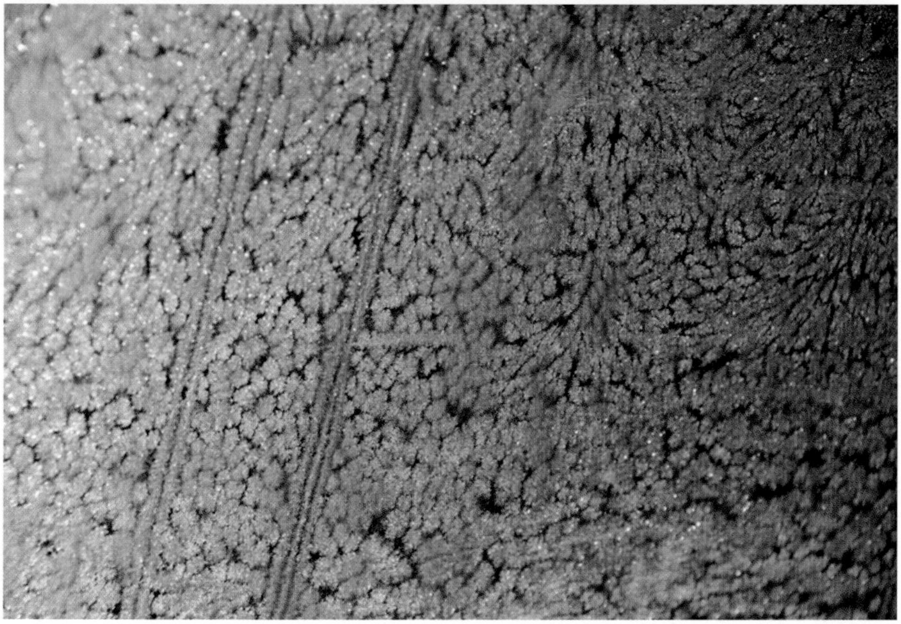

빗방울과
하얀 눈 이야기

비나 눈이나 수분으로 이루어진 것이며 똑같이 하늘에서 내려오는 것인데 빗방울은 요란하게 소리를 지르며 쏟아진다. 특히 양철 지붕 위로 떨어지는 빗방울은 북을 치듯이 시끄럽게 굴러다니면서 밤잠을 설치게 한다. 반면에 하얀 눈은 잠든 아기가 깰까 봐 소리 없이 날아와 소복소복 쌓인다. 하얀 눈은 하늘에서 내려오는 천사 같고 빗방울은 거친 무법자 같다.

그래서 옛날 아주 옛날부터 하얀 눈은 강아지도 좋아하는가 보다. 물론 사진가에게는 더없이 좋은 사진 주제이기 때문에 눈 내리는 날 사진을 더 많이 찍게 된다. 하지만 그 하얀 눈을 찍는 것은 여간 어려운 일이 아니다. 분명히 백설인데 사진을 찍고 보면 연회색에 가까운 사진이 된다. 하늘에서 내려온 천사는 누구나 쉽게 좋은 사진을 찍도록 내버려두지 않는다. 오직 열심히 사진 찍는 공부를 하는 사람에게 기회를 준다.

그 길로 달려갔다

동해안 지역이 폭설로 인해 그 피해가 이만저만이 아니라고 한다. 적당히 오면 농작물에 도움이 될 뿐만 아니라 가뭄을 해소해주는 것이 눈이다. 또한 백설은 사진가들에게 아름다운 작품 주제가 되어주기도 한다. 그 옛날 고향 사람들이 모두 잠든 깜깜한 밤에 살며시 찾아와 장독대에 소복이 쌓인 하얀 눈은 반가운 손님과도 같이 가슴을 뛰게 했다. 하얀 눈 위를 걸을 때마다 들리는 사박사박 소리는 신비스러운 자연의 소리였다.

이번에 동해안에 내린 폭설은 사람들뿐 아니라 동식물에게까지 고통만 안겨준 저주의 눈이 되었다. 그러나 사진가인 나는 그런 풍경을 사진에 담고 싶었다. 며칠을 무리해서 그런지 몸이 좋지 않다. 카메라 가방을 둘러메다가 다시 내려놓았다. 좋은 사진을 만들기 위해 정신과 육체를 혹사하는 것을 당연하게 생각하면 문제가 될 때가 있다. 육체도 기계와 같아서 무리하게 사용하면 결국 고장이 나게 마련이다. 고장난 기계는 수리가 끝날 때까지 작동을 멈춰야 한다.

그런 생각으로 방 안에 앉아 있는데, 이런저런 핑계로 찍어야 할 사진을 못 찍는다는 게 마음을 괴롭혔다. 결국 하얀 눈길을 달려 동해안으로 갔다.

103년 만의 폭설

대관령 가까이에 이르자 길가에 산더미처럼 눈이 쌓여 있었다. 물론 고속도로의 눈은 치워져 있었으나 도로 양옆으로 쌓인 눈이 엄청났기 때문에 강릉까지 가야 하나 망설였다. 생각 끝에 대관령을 넘어가기로 하고 서서히 강릉으로 향했다. 가는 길에는 온통 눈뿐이었다. 강릉에 도착하니 폭설로 도시가 마비되었다.

강릉에 내린 폭설은 상상을 초월했다. 고립된 산간 마을은 눈으로 새하얗게 덮여 있었다. 그 속에 갇힌 농가를 향해 허리까지 빠지면서 다가가 겨우 대문 앞에 섰다. 높게 쌓인 눈이 대문을 당장 쓰러뜨릴 것 같았다. 허름한 집 창문까지 눈이 쌓여 있었다. 인기척을 냈다. 힘겹게 창문을 열고 바라보시는 할머니의 모습이 너무도 지치신 것 같았다. 아무리 사진을 찍으러 갔다고는 해도 그런 할머니에게 카메라를 들이댈 수는 없었다.

"할머니, 끓여 잡수실 건 있나요?"

그러나 내 목소리가 작아서인지 아니면 할머니가 못 들으셨는지 대답이 없으셨다. 물끄러미 바라보시는 눈가에는 고단한 세월의 흔적이 배어 있었다. 하늘나라에 계신 어머니 생각이 났다. 가는귀를 먹으셔서 버럭버럭 소리를 질러야 무슨 말인지 알아차리셨던 것이 떠올라서 다시 한번 큰 소리로 여쭤보았다.

"할머니! 끓여 잡수실 건 있나요?"

할머니는 들릴 듯 말 듯 면사무소에 신고를 하셨다고 했다. 대문 앞에 산처럼 쌓인 눈 더미 때문에 문을 열고 들어갈 수가 없었다. 지갑 속에 비상금으로 숨겨놓은 지폐 몇 장을 꺼내서 둘둘 말아 담 너머로 힘차게 던졌다. 다행히 할머니 앞에 떨어졌다.

"할머니 길이 뚫리면 잡수시고 싶은 것 사서 잡수세요."

내 어머니나 남의 어머니나 어려움이 닥칠 때마다 용감하고 슬기롭게 이겨내신 이 나라의 어머니다. 할머니는 마루 앞까지 쌓인 눈을 바라보며 고맙다는 손짓을 하셨다. 할머니의 손짓은 진심 어린 감사의 표시였다. 공연히 마음이 심란하고 우울했다.

강릉은 유난히 문화재가 많은 지역이다. 눈 폭탄은 문화재도 예외없이 덮쳤다. 차량이 많은 도로 옆에는 눈이 높게 쌓여 건물들이 보이지 않았다. 눈을 치우려 해도 당장 쌓아놓을 공간이 없다는 것을 쉽게 알 수가 있었다. 그런데도 자동차가 다닐 수 있도록 눈길을 뚫어놓은 그 길을 조심조심 달리면서 감사한 마음과 함께 미안한 마음이 들기도 했다. 강릉은 어딜 가나 눈과 전쟁을 하고 있었다. 엄청나게 쌓인 눈을 신속하게 열심히 치우는 것을 바라보면서 우리 민족이 세계 최고임을 그들이 증명하고 있다고 생각했다.

겨울의
마지막 심술

봄 날씨는 참 변덕스럽다. 여기저기서 꽃망울을 터뜨리려고 준비 중인데 마지막 겨울 찬바람이 불어와 매섭게 후려친다. 성질 급한 꽃들은 일찌감치 봄 구경을 나왔다가 이러지도 저러지도 못하고 있다. 미처 떠나지 못한 겨울바람이 매섭게 몰아쳐 와 마지막 심술을 부리고 있다. 그러나 물밀듯이 밀려오는 봄 향기를 겨울의 끝자락이 감당할 수 있을지 의문이다. 이미 바람 속에는 봄 향기가 가득 실려 있기 때문에 심술 고약한 겨울이 허겁지겁 구름을 타고 어디론가 떠난다.

4부

생명과의 동행

모든 생명은 땅으로 돌아간다

우렁이가 살아남는 방법

우렁이는 식용생물이다. 우렁이 된장 요리는 고급 요리에 속한다. 그런데 우렁이도 외래종이 있다고 한다. 관곡지 연꽃 단지에 우렁이가 많다. 가끔 연 줄기 위에 달라붙은 연분홍색 둥근 알을 볼 수가 있다. 우렁이 알이라는 것을 알고 있었으나 확실히 알고 싶어서 그곳을 관리하는 분께 여쭸다. 뜻밖의 대답이었다. 연 줄기에 붙어 있는 알은 모두 외래종 우렁이라는 것이다. 하지만 연 줄기를 타고 올라가 알을 낳는 것을 한 번도 보지 못했다고 했다. 그렇다면 그 느림보 우렁이가 한밤중에 줄기를 타고 올라가 감쪽같이 알을 낳는다는 얘기다.

외래종이 토종보다 생존 방법에서 앞서지 않던가. 물속에 알을 낳으면 아무래도 천적이 많아 종족을 보존하기가 어렵다는 것을 외래종 우렁이는 알아차린 것이다. 우렁이는 외래종이라고 해도 생태계에 심각하게 해를 끼치는 종은 아니다. 그러나 토종보다 살아남는 기술이 앞서는 것만은 틀림없다. 토종 우렁이도 생존 방법만큼은 외래종에게 배워야 한다는 생각이 들었다.

사라지는 갯벌

인천의 연안 갯벌이 빠르게 사라지고 있다. 무차별하게 땅을 메워버려 수천 년, 수만 년 동안 사람들에게 모든 것을 주기만 했던 고마운 갯벌을 볼 수 없는 날이 점점 다가오고 있다. 인천공항으로 향하는 영종대교를 건너자마자 도로 양옆으로 드넓게 펼쳐진 갯벌마저 모조리 죽이고 있다. 바닷물이 밀려가고 나면 빨간 칠면초가 장관을 이루는 곳이다.

나는 뻔질나게 영종 갯벌로 달려갔다. 누가 시켜서도 아니고 관청의 지시를 받고 월급을 받아서도 아니다. 그렇다고 돈이 되는 것은 더더욱 아니다. 고향의 갯벌이 순식간에 사라지고 있어 그토록 아름다운 영종의 갯벌마저 흔적 없이 사라지기 전에 사진으로나마 남겨야 한다는 바보 같은 생각에서다. 갯벌이 신음하며 죽어가고 있는데, 제 잘났다고 하는 사람 많은 인천에서 누구 하나 관심을 기울이지 않는다.

사치스러운
욕망

고향의 오봉산은 바라만 보아도 편안한 마음이 들었다. 나는 그 산에서 숲과 흙의 소중함과 자연의 진리를 깨달았다. 언제나 태양은 오봉산 너머로 기울면서 붉은 노을로 마을과 바다를 곱게 물들였다.

요즘은 하늘을 뚫고 올라간 시멘트콘크리트 아파트 숲 때문에 오봉산을 보기 어려워졌다. 오늘은 저녁노을을 보기 위해 아파트 숲을 비켜서 개흙 위에 주저앉았다. 5월의 싱그러움이 사방에서 향기를 내뿜었다. 갈대숲에서 걱정 없이 살아가는 새들이 그리운 날이다.

고향이 사라지면서 친구들 또한 떠났지만 태양과 달은 변함없이 그 자리를 지키고 있다. 차라리 변함없는 해와 달 그리고 별과 친구가 되고 싶다. 해는 붉은 노을을 만들어주고 달은 캄캄한 밤길을 비춰주며 수많은 별들은 밤새도록 소곤소곤 시를 낭송해준다. 내가 지금 겪고 있는 깊은 외로움은 사치스러운 욕망 때문이다.

고추잠자리와 거미줄

고추잠자리가 하늘 높이 날고 있다. 햇살이 따가운데 일광욕을 즐기는 것일까? 파란 하늘에 하얀 뭉게구름이 피어올랐다. 파란 하늘은 들판을 하루가 다르게 황금색으로 칠하고 있다. 이맘때가 되면 고추잠자리는 왜 더 높이 하늘을 나는 것일까? 가을과의 이별이 아쉬워 춤을 추는 것일까? 고추잠자리는 대답이 없다.

거미는 꽁무니에서 끈적끈적한 하얗고 가는 줄을 쉼 없이 뽑아서 그물을 만든다. 그물 치는 풍경을 보노라면 거미는 예술가라는 생각이 든다. 그물이 완성되면 한쪽 귀퉁이나 보이지 않는 곳에 웅크리고 미동도 하지 않는다. 거미는 상대를 먼저 공격해서 죽이지 않는다. 몇 시간이고 며칠이고 거미줄에 걸려들기만을 기다린다. 바다의 그물과도 같은 것이 거미줄이다. 인내심이야말로 거미를 따라갈 수가 없다. 그러다가 잠자리나 곤충이 거미줄에 걸려들면 잽싸게 달려가 꽁무니에서 끈적끈적한 줄을 뽑아 순식간에 칭칭 감아버린다. 그리고 서서히 식사를 즐긴다.

대부분의 고추잠자리가 하늘 높이 나는데 한 마리가 자꾸 거미줄 근처에 오려고 한다. 나는 풀을 뜯어서 잠자리가 거미줄 근처를 날지 못하게 휘휘 저었다. 거미가 나를 원망하는 것 같았다. 하지만 나는 거미보다는 잠자리에 더 애착이 간다. 잠자리도 힘이 드는지 앉아서 졸고 있다. 오늘만큼은 거미줄에 걸려든 잠자리가 없었다. 그 대가로 좋은 사진 한 점 만들지 못한 채 발걸음을 돌려야 했다.

더위에 지친 잠자리

잠자리도 더위에 지쳐 하늘을 나는 것을 포기했나 보다. 요즘처럼 찜통더위에는 사람이나 곤충이나 쉴 수만 있다면 꼼짝 안 하고 쉬는 게 상책이다. 그런데 며칠이 지나자 하늘을 나는 잠자리가 부쩍 많아졌다. 고추잠자리가 하늘 높이 날아다니면 틀림없이 가을이 가까이 왔다는 신호다. 계절의 변화를 알아차리는 능력은 곤충이 뛰어난 것 같다. 그래서 고향 사람들은 곤충들의 움직임을 보고 날씨와 계절의 변화를 알았다.

이 세상 모든 생명체들의 공통점은 태어나서 명대로 살다가 죽는다는 것이다. 또한 죽으면 사람이든 짐승이든 곤충이든 모든 생명체들이 땅으로 돌아간다. 결코 어느 생명체에게건 영원은 존재하지 않으며 존재할 수도 없다. 그게 바로 자연의 섭리요 정리의 법칙이다. 물론 신이 존재한다면 사후 세계에서 영원을 보장받을 수 있을지 모를 일이다.

아카시아 꽃향기는 어디로

하필이면 비바람이 몰아치는 날 20여 분을 걸어서 아카시아꽃이 만발한 나지막한 산으로 향했다. 이름은 산이지만 구릉인 그곳에는 아카시아가 유난히 빼곡하다. 빗방울을 매달고 있는 우윳빛 하얀 꽃은 볼수록 아름답다. 뾰족한 가시와 함께 피어나는 꽃은 의외로 가냘프며 그 색이 곱다.

진한 향기를 흠뻑 마시기 위해 사흘째 꽃에 코를 대고 킁킁거려보았으나 예전의 그 진한 향기는커녕 아예 무취다. 그 진했던 향기가 어디로 사라진 것일까? 옆집에서 무슨 요리를 하는지 쉽게 알아챌 수 있을 만큼 예민하게 발달해 있는 내 코를 의심할 필요는 없었다. 더욱 이상한 것은 사흘째 벌이 한 마리도 눈에 띄지 않았다는 것이다. 수년 전까지만 해도 아카시아 꽃에는 수많은 벌이 윙윙거리며 모여들었다. 어릴 때 배가 고파서 꽃을 따 먹다가 벌에 쏘인 적이 한두 번이 아니었다.

씹으면 달착지근한 꽃 한 송이를 따서 몇 알씩 반복해 씹어보았으나 단맛은커녕 쌉쌀한 맛이 나서 번번이 뱉어내고 말았다. 참 이상한 노릇이다. 내 입맛이 변한 것일까, 아니면 꽃이 변한 것일까? 흐드러지게 핀 하얀 아카시아 꽃 사진을 찍어서 먼 곳에 사는 친구에게 보내줄 생각이었다. 꽃향기의 추억을 사진으로나마 전해주고 싶어서였다. 그러나 향기가 사라진 이야기는 오히려 친구를 실망시킬 것 같다.

급속히 변하는 환경과 대기오염, 지구온난화가 불러온 자연의 반란이 시작된 게 아닐까 은근히 걱정이 되었다. 꽃이 피면 벌이 꼭 찾아오는 그런 풍경은 옛이야기가 될지도 모른다. 인간과 자연이 수평적 관계를 유지하며 공존해야 하는데 자연이 일방적으로 소리 없이 죽어가고 있다.

병이 깊은 소루쟁이

길가의 소루쟁이가 깊은 병에 걸려 죽어가고 있다. 암세포가 온몸에 퍼져나가는 듯했다. 오가는 사람들이 뿜어대는 독에 전염된 것인지도 모른다는 생각이 들었다. 어릴 때는 소루쟁이가 몹쓸 병에 걸린 것을 보지 못했다. 봄에 돋아나는 싹을 뜯어다가 된장국에 넣어 끓여 먹던 흔한 반찬이었다. 그런 소루쟁이가 문명이 발달하면서 생긴 희귀병을 얻은 것 같았다. 자세히 살펴보니 소생할 가능성은 없어 보였다. 사람이나 식물이나 이 세상 모든 생명체들은 죽음을 비켜 갈 수 없기 때문에 자연의 순리를 겸허히 받아들일 수밖에 없다.

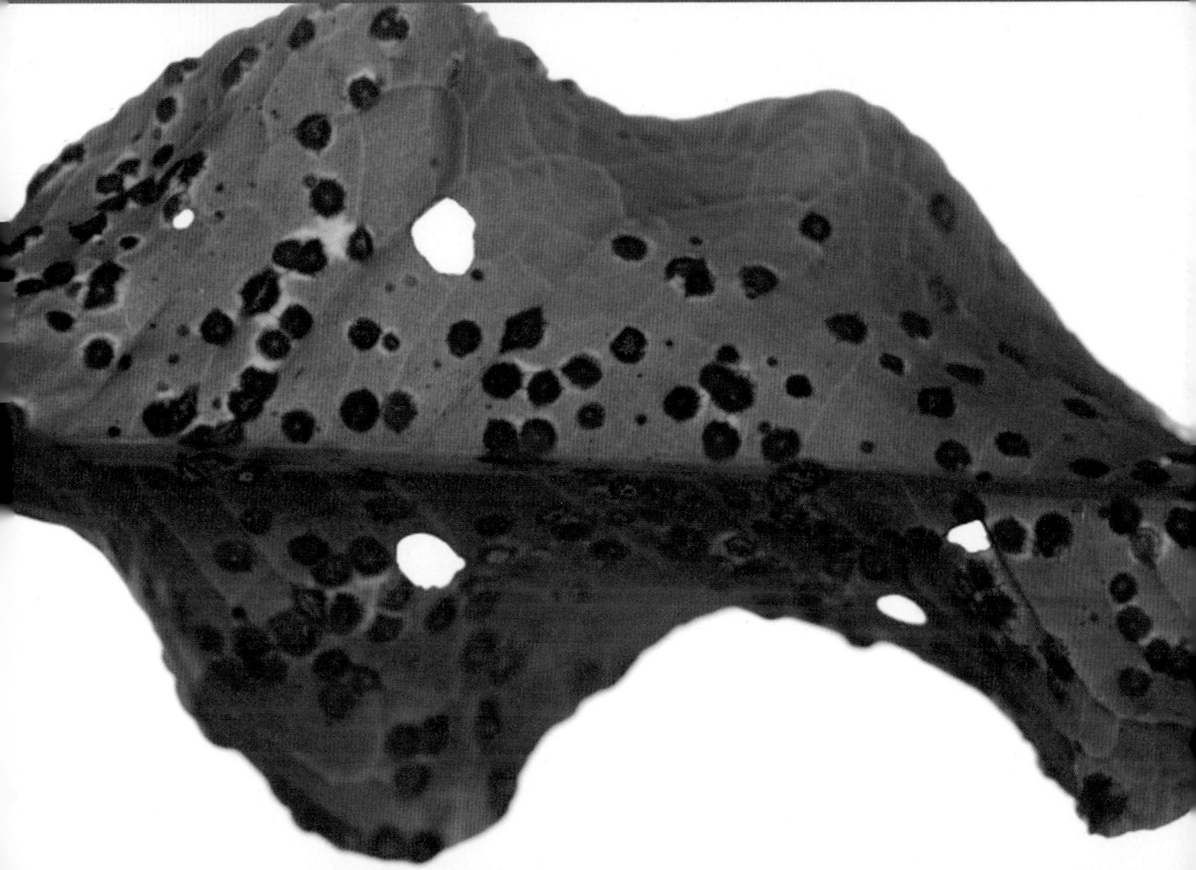

순리대로 살아간다면

똑같은 꽃나무인데도 양지 쪽에서 허둥지둥 피어난 꽃은 많은 사람들에게 시달리다가 일찌감치 사라졌다. 그러나 음지 쪽에 선 꽃나무는 느지막이 꽃망울을 터뜨려 시달리지 않고 느긋하게 그 자태를 뽐내고 있다.

자연에는 평등이라는 규칙이 있다. 그 규칙 속에서 이별과 만남은 자연스럽게 이루어진다. 오히려 자연은 사람들보다 모든 규칙과 질서를 잘 지키고 있다. 사람들이 자연의 순리대로 살아간다면 평화롭고 범죄 없는 아름다운 세상이 될 게 분명하다.

숲은 생명이요
희망이다

숲속에서 새들이 합창을 할 때 아침 이슬이 방울방울 맺혀 꽃과 풀잎에 싱그러움을 불어넣는다. 인천대공원의 아침은 상큼한 솔바람이 불어와 심신을 맑게 해준다. 장수천과 그 옆의 습지에는 큼직한 잉어와 붕어들이 자유롭게 물살을 가르며 먹이를 찾는다. 이따금 남생이가 물 위로 고개를 들고 빠끔거린다. 그뿐이 아니다. 멸종되다시피 한 반딧불이를 여름밤에 볼 수 있는 곳이 인천대공원이다.

숲은 사람들을 즐겁게 해주며 건강까지 선물한다. 그런 숲이 주변에 있다는 것은 큰 축복이다. 게다가 사진을 찍을 수 있는 주제가 많다는 게 얼마나 감사한지 모른다. 숲은 오로지 사람들이 건강하게 살아가는 데 이로운 것들을 묵묵히 주기만 한다. 그런 숲을 상처내거나 짓밟아서는 안 된다. 가녀린 양귀비를 짓밟아 뭉개버리는 일부 몰상식한 사람들을 볼 때마다 똑바로 바라보기가 부끄러웠다. 숲은 생명이요 희망인 것을 잊지 말아야 한다.

흙은 터지고 갈라지면서도

흙은 터지고 갈라지면서도 희망을 버리지 않고 멋진 조각품을 만들어냈다. 도저히 인간이 상상할 수 없는 가뭄의 걸작이다. 불타는 태양을 품고서 희귀한 창조물을 만들어내는 흙이야말로 가뭄을 이겨내는 승리의 주인공이다.

흙이 가뭄과의 싸움에서 진귀한 예술품을 탄생시키듯 만물의 영장이라는 인간이 불타는 태양과 전염병인 메르스에 굴복할 수는 없다. 그렇다고 해서 자연과 맞서 싸우자는 말은 아니다. 자연을 감동시키자는 것이다. 흙이 이토록 혹독한 가뭄 속에서 진귀한 예술품을 창조해내듯이 그 어느 난관도 극복해낼 수 있는 민족이 아닌가.

녹색 들판은
바라만 보아도

엊그제 모내기를 한 것 같은데 눈 깜짝할 사이에 벼 이삭이 피어오르기 시작했다. 녹색 들판을 바라만 보아도 시원하며 희망이 깊게 깔려 있는 듯하다. 녹색을 반복해서 바라보면 눈이 맑아진다고 한다. 녹색의 들판은 사람들을 색으로, 풍요로움으로 채워주고는 조용히 떠난다. 저 푸른 들판이 황금벌판으로 옷을 갈아입을 때 다시 그곳에 가야 한다. 자연의 순리대로 살아가는 방법을 꼭 공부하고 싶어서다.

계절이 지나간
빈 새 둥지

지난해 초여름이었다. 마을 뒤 공원 길옆에서 사진을 찍다가 그곳에 뻗어 있는 칡덩굴에 걸려서 싸리나무 숲 쪽으로 넘어졌다. 몸체가 탁구공만 한 앙증맞은 작은 새 두 마리가 찌르륵찌르륵 울면서 날개를 파닥거렸다. 새의 행동만 보아도 내가 넘어진 싸리나무에 새집이 있다는 걸 알 수 있었다.

배고픈 어린 시절에는 먹을 게 없어서 산으로 들로 다니며 새알을 꺼내다가 쪄서 끼니를 때워야 했다. 그때 익힌 새집 찾는 솜씨는 오랜 세월이 지나도 변함이 없다. 물론 그때는 배가 고파 어쩔 수 없이 새들에게 못된 짓을 한 것이지만, 이유야 어찌 됐든 새집만 보면 미안한 마음이 들었다. 새가 울고 있는 반대쪽 싸리나무 가지를 살펴보니 작은 새 둥지 하나가 눈에 들어왔다. 작은 둥지에는 매끈한 새알 네 개가 가지런히 자리 잡고 있었다.

만져보고 싶은 충동을 참아야 했다. 왜냐하면 사람이 만져본 새알은 어미 새가 귀신처럼 알아보고 품지 않아 부화하지 못한 채 썩기 때문이다. 그런데 왜 하필 사람들이 많이 지나다니는 길옆에다 둥지를 틀었는지 알 수가 없었다. 고약한 사람에게 발각되는 날엔 새알을 몽땅 털릴 텐데 하는 걱정이 들었다.

그해 늦가을 나뭇잎이 떨어질 때 새집을 다시 찾아 자세히 들여다보니 새끼들은 알에서 나와 어디론가 날아간 것 같았다. 참 다행이라 생각을 하면서도 빈 둥지에 허전함을 느꼈다. 다음 해 봄, 어미는 또다시 이 둥지를 찾아올까? 그때는 이 둥지 근처에 얼씬거리지 말고 길에서 멀리 떨어진 숲에다 둥지를 틀고 편안히 알을 낳아 부화하기를 바랐다.

심술 고약한 여자

철새 무리가 바닷물 위에서 휴식을 하고 있다. 먼 곳에서 날아오느라고 힘이 들었나 보다. 열심히 셔터를 누르고 있는데 모자를 푹 눌러쓰고 얼굴을 가린 중년의 여자가 부지런히 걷다가는 철새 무리를 향해 악을 쓰듯 소리를 질렀다. 깜짝 놀랐다. 그것도 모자라서 돌멩이를 새들이 잠자는 곳으로 던졌다. 곤히 자던 철새들이 놀라서 먼 곳으로 쏜살같이 도망을 갔다.

부아가 치밀었지만 어쩔 수 없이 참아야 했다. 놀부보다 더 심보가 고약한 여자라고 생각했다. 눈만 내놓고 얼굴을 가렸기 때문에 그 여자의 인상을 볼 수가 없었다. 그러나 보나 마나 마음보처럼 생겼을 거라 생각하며 발길을 돌렸다.

모기떼의
기습 공격

모기떼의 기습 공격에 속수무책으로 당할 수밖에 없었다. 새벽에 숲속에서 사진을 찍다 보니 모기떼의 공격을 막을 방법이 없었다. 게다가 반팔 남방을 입고 있으니 양 팔뚝에 죽기 살기로 달라붙어 신나게 피를 빨아 먹는 모기들을 이겨낼 도리가 없었다. 고작해야 손바닥으로 제 팔을 때리는 것이 전부였다.

그렇게 모기가 많을 줄은 상상하지 못했다. 그렇다고 해서 사진 찍는 것을 포기 하고 돌아갈 수는 없었다. 수년째 실패한 사진을 꼭 찍어야 한다는 그 마음 때문에 모기에게 온몸을 던질 수밖에 없었다. 그 와중에도 하고많은 곤충들 중에 왜 하필 모기가 사람의 피를 빨아 먹고 사는 저주받은 흡혈귀가 되었는지 궁금했다.

오기가 생겼다. '네가 이기나 내가 이기나 어디 해보자.' 나는 끝까지 그 자리를 떠나지 않고 사진을 찍었지만 만족한 사진을 만들지 못했다. 모기들이 달라붙어 피를 빨아 먹은 양 팔뚝 곳곳이 깨알처럼 솟아 있었다. 온몸이 근질근질했다. "사진이 참 어렵구나." 혼자 중얼거리며 터덜터덜 걷는 발걸음이 그렇게 무거울 수가 없었다. 하지만 제 좋아서 하는 일이기 때문에 어느 누구에게도 하소연을 할 수가 없었다.

개구리 음악회에 초청받은 날

고향이 모두 땅속에 묻히고 나니 고향 사람들은 모두 어디론가 떠나버리고, 흔하게 볼 수 있던 개구리마저 자취를 감추었다. 그나마 다행인 것은 내가 살고 있는 시멘트콘크리트 마을 여기저기 서 있는 나무와 숲에 청개구리가 살고 있다는 점이다.

남쪽 하늘에서 먹구름이 밀려오기 시작하면서 청개구리들이 일제히 울기 시작했다. 얼마 후 장대비가 쏟아졌다. 고향 사람들은 개구리가 울기 무섭게 비가 쏟아진다는 것을 알기 때문에 빨래며 마당에 널어놓은 농작물을 거둬들였다. 밤이건 낮이건 그렇게 울어대도 개구리를 탓하는 사람은 단 한 명도 없었다.

언젠가 강원도를 여행했을 때 일이다. 한 방에 두 명씩 배정되었는데 그날따라 유난히 개구리가 울어댔다. 그 소리가 참으로 정겨웠다. 오랜만에 들어보는 자연의 소리였다. 창문을 활짝 열었다. 개구리 울음소리가 더욱 선명하게 들렸다. 개구리가 축하의 합창을 하는 것으로 생각했다. 그런데 함께 한 K 씨가 시끄럽다며 창문을 닫아달라고 청했다. 나는 개구리 합창 소리를 계속 듣기 위해 베란다에서 홀로 자기로 했다. 베란다 문을 열고 나가자마자 기다렸다는 듯이 모기떼가 공격을 해왔다.

수건으로 모기떼의 공격을 막는 것은 역부족이었다. 모기와 싸우는 사이 갑자기 개구리 소리가 멈췄다. 나를 생각해서 합창을 끝낸 것이라고 생각했다. 다시 방으로 가니 K 씨가 싱글싱글 웃고 있었다. 나를 멍청한 사람으로 생각하는 것 같았다.

"오늘 밤, 세계적인 청개구리 음악회에 초청을 받아 감동 깊은 음악을 들을 수 있어서 참 행복했습니다. K 형은 초청을 못 받은 모양입니다."

아무 대답이 없다. 나도 더는 말하지 않았다. 모기에 물린 곳이 근질근질했다.

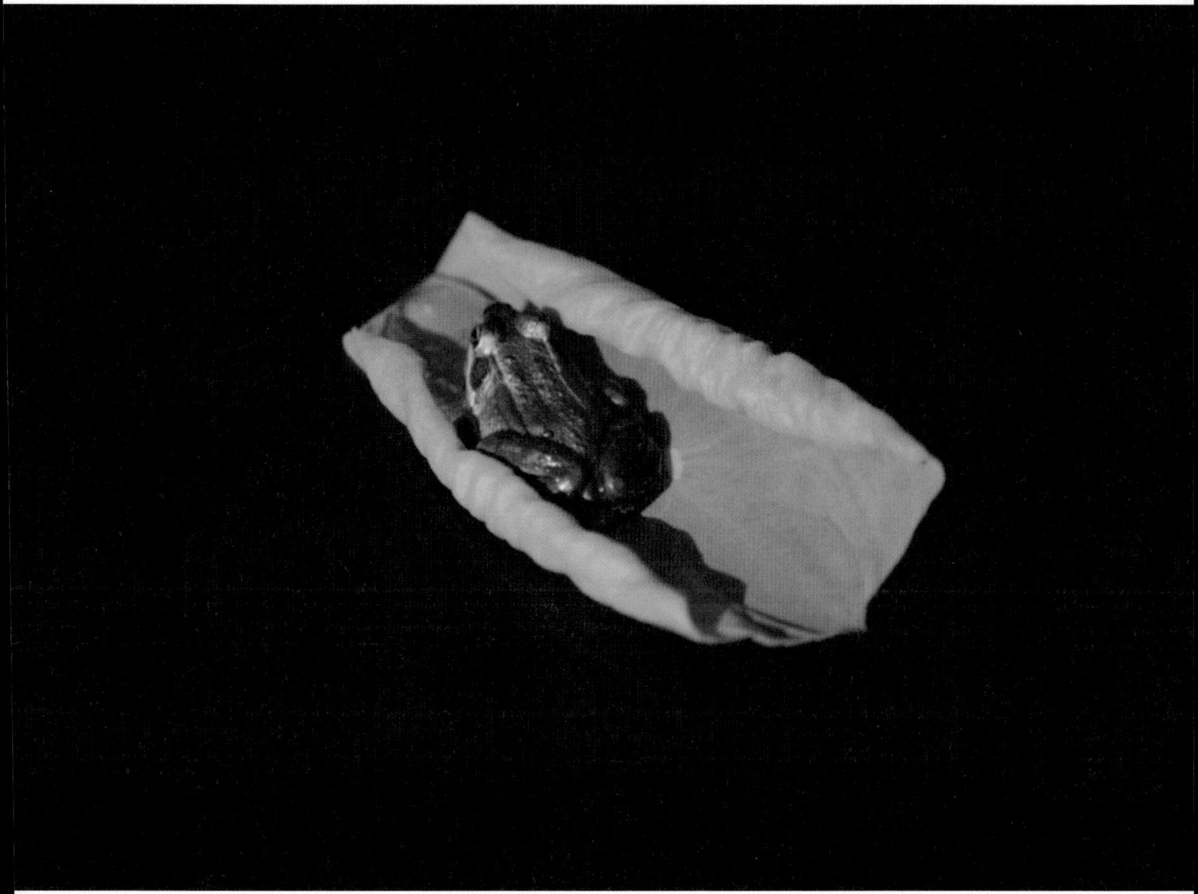

야생 오리가
사람을 속였다면

시흥 관곡지 오리들은 사람을 무서워하지 않는다. 뒤뚱거리며 사람들이 다니는 길로 다니기도 하고 연못으로 들어가 유유히 물살을 가르며 떼 지어 다닌다. 그런데 두 날개는 멀쩡하나 날아갈 줄 모른다. 그 행동이 사육된 오리와도 같았다. 오리들은 빅토리아수련을 좋아하는지 넓은 연잎에 올라가 포즈를 취하기도 하고, 휴식을 하는 건지 이리저리 왔다 갔다 한다. 한 마리가 올라가면 두 마리, 세 마리가 모두 빅토리아 연잎에 올라가 보란 듯이 서 있다.

사진을 찍는 사람들에게는 흔치 않은 풍경이다. 어느새 대포 같은 카메라가 모여들기 시작했다. 그곳의 관리인은 그 오리들이 모두 야생 오리라고 했다. 그 말을 듣고 웃음이 절로 나왔다. 사육된 오리로 행세하면서 감쪽같이 사람들을 속인 것이다. 그 오리들 때문에 문제가 생겼다고 했다. 빅토리아 연잎에 올라가 연잎을 찢어놓아 연이 죽을 수도 있다는 것이다. 관리인은 혼자 중얼거리더니 어디론가 가버렸다.

다음 날 아침 다시 관곡지를 찾았을 때 빅토리아 연꽃 단지마다 그물망이 처져 있었다. 사진을 찍는 사람들에게는 그물이 장해물이다. 관리인에게 왜 그물을 쳐놓았느냐고 물었더니 야생 오리가 빅토리아 연잎에 올라가지 못하도록 부득이 취한 조치라고 했다. 야생 오리들은 사람들이 멍석을 깔아놓고 그곳에서 편히 쉬라고 하는 줄로 착각했나 보다.

오리 떼가 일렬로 서서 뒤뚱거리며 그물을 쳐놓은 주위를 돌다가는 이내 하늘로 날아갔다. 야생 오리라고 한 관리인의 말을 당장 증명한 셈이다. 요즘 세상에는 오리들마저 사람을 속인다고 생각하니 웃음이 절로 났다. 날아가는 오리 떼가 눈에서 멀어질 때까지 바라보았다. 속고 속이는 세상에서 오리들마저 사람들에게 못된 기술을 배운 것일까?

주객이 전도된 야생 오리

시흥시의 관곡지는 대단위 연꽃 단지다. 그곳은 연꽃이 필 때부터 각지에서 몰려 온 사람들로 북적인다. 그뿐만이 아니다. 오리의 먹잇감이 지천으로 널려 있기 때문에 오리들에게는 천국과도 같은 곳이다. 그곳에서 연 농사를 하는 분에게 말을 건넸다. 수익을 더 많이 낼 수 있는 방법으로 연밭에 미꾸라지를 키우면 어떻겠느냐고 물었더니 그는 빙그레 웃으면서 야생 오리가 모조리 잡아먹기 때문에 키울 수가 없다고 했다. 그렇다면 논둑이나 길바닥에 버젓이 누워 있거나 떼 지어 아장아장 걸어 다니는 게 모두 야생 오리냐고 물었더니 그렇다고 했다. 깜박 속은 것이다.

얼마 전에는 어미 오리가 새끼 12마리를 데리고 사람들이 오가는 좁은 둑길을 일렬로 걸어가고 있었다. 또 다른 무리는 논두렁에 벌렁 누워 휴식을 하고 있는 듯했다. 그곳을 자주 오가는 사람들은 야생 오리라는 것을 알고 있지만, 처음 온 사람들은 대부분 집에서 키우는 오리로 착각한다. 오리들이 사람들을 무서워하지 않을뿐더러 날아가지도 않으니 감쪽같이 속을 수밖에 없다.

야생 오리가 주인 행세를 하며 투실투실 살이 쪄서 보란 듯이 연밭을 누비며 살고 있는 반면 삐쩍 마른 집오리는 손바닥만 한 우리에 갇혀 맴돌며 살고 있다. 한편으로는 우습기도 하고 야생 오리가 집오리 행세를 하며 사는 꼴이 얄밉기도 했다. 사진을 찍으려면 건너편으로 가야 할 때도 있는데 야생 오리 떼가 길을 막고 비켜줄 생각조차 안했다. 나는 야생 오리 떼를 골탕 먹이기로 작정했다.

오리 떼가 진을 치고 있는 곳으로 다가갔다. 물론 그곳은 사람들이 다니는 좁은 논둑이었다. 기침을 해도 오리는 아랑곳하지 않는다. 모자를 벗어서 오리 떼를 향해 휘저으며 "나쁜 야생 오리들아, 더 이상 속지 않는다!"라고 소리를 질렀다. 사람들이 오나가나 거들떠보지 않던 오리 떼가 화들짝 놀라더니 그제야 야생 오리의 본능으로 날렵하게 하늘로 날아갔다.

그런 사연을 모르는 사람들은 흘깃흘깃 바라보며 나쁜 사람으로 생각하는 것 같았다. 물론 내 행위가 잘한 짓은 아니라고 해도 제집처럼 사람들을 감쪽같이 속이며 살아가는 오리의 잘못이 더 크다고 생각했다. 한마디로 주객이 전도된 것이다. "이 땅에 이렇게 살아가는 것이 어찌 오리만 있을까" 중얼거리면서 카메라 가방을 챙겨 발걸음을 옮겼다. 제대로 된 사진 한 점 못 만들고 돌아오면서 괜한 짓을 했나 싶었다.

애완견에 놀란 쇠물닭 가족

관곡지에 쇠물닭이 살고 있는데 올해는 그 개체 수가 훨씬 많아졌다. 분명히 날개가 달려 있는데 날아가는 것을 보지 못했다. 우거진 연밭을 유유히 헤엄치고 다니면서 먹이를 찾기 때문에 좀처럼 사진 찍기가 어렵다. 갓 부화한 새끼 세 마리가 어미를 따라 물에서 올라와 아장아장 걸어 다니는 모습이 귀엽다.

숨을 죽이고 우거진 연밭 둑길에서 웅크린 자세로 쇠물닭 가족이 가까이 오는 것을 기다리고 있었다. 땀방울인지 빗방울인지 분별할 수 없을 만큼 물방울이 주룩주룩 흘러내렸다. 쇠물닭 새끼 한 마리가 다가오니 나머지도 내 앞으로 아장아장 걸어왔다. 정신없이 셔터를 누르고 있는데 한 여자분이 하얀 강아지 한 마리를 끌고 왔다. 그놈의 강아지가 사달을 내고 말았다. 갑자기 짖어대는 그 소리에 깜짝 놀라 좁은 논두렁 아래로 쓰러질 뻔했다. 놀란 쇠물닭 어미가 쏜살같이 달아나며 끼릭 끼릭 소리를 내는 순간 새끼들이 어미를 따라 연밭으로 사라지고 말았다.

무척 화가 났다. 그놈의 강아지를 당장이라도 쥐어박고 싶었으나 강아지가 무슨 죄가 있으랴 싶어 꾹꾹 참았다. 주인은 그런 내 모습이 재미있는지 생글생글 웃으며 바라보고 있었다.

망둑어는
이맘때가 되면

망둑어는 바닷물고기 중에 가장 미련한 어종이다. 갯지렁이가 없을 때 잡아 올린 망둑어를 잘게 썰어서 미끼로 사용해도 덥석덥석 잘 문다.

망둑어는 한 해만 산다. 3월쯤에 갯골의 굴속에서 산란을 마친 어미 망둑어는 그 자리에서 생을 마감한다. 부화한 망둑어 새끼들은 죽은 어미에게 악착같이 달라붙어 그 살을 파먹으면서 자란다. 망둑어 낚시는 7월부터 시작되는데, 크기는 10여 센티미터 정도다. 어미를 파먹고 자란 새끼가 굴 밖으로 나와 물속을 휘젓고 다니다가 결국 낚시 바늘에 걸려 1년도 못 살고 생을 마감하는 경우가 대다수다.

망둑어를 잘 잡으려면 망둑어의 위치를 알아야 한다. 계절마다 있는 곳이 다르기 때문이다. 7~8월의 망둑어는 갯골의 낮은 곳으로 몰려다닌다. 바닷물이 밀려오는 곳 어디서든 낚싯대를 멀리 던지지 않아도 잘 잡힌다. 10월쯤 자랄 대로 다 자란 망둑어는 점점 깊은 곳에서 몰려다닌다. 그러니까 여름처럼 갯골 상류 쪽에서 낚싯대를 몇 시간 동안 담그고 있어도 물려 나오지 않는다. 두 시간여를 사진 찍으면서 낚시꾼을 바라보아도 단 한 마리 잡는 것을 보지 못했다. 망둑어가 하류 쪽 깊은 곳에 몰려 있는 것을 모르고 있기 때문이다.

소래포구를 중심으로 시흥시 포동, 또는 인천의 만수동 쪽으로 뻗어 있는 갯골 상류에서 망둑어가 물려 나올 리 없다. 10월부터는 소래포구 아래쪽 갯골이나 월곶, 더 멀리는 대부도나 영흥도, 영종도 깊은 갯골에서 명태만 한 망둑어가 잘 잡혀 나온다. 바닷물이 들어오는 곳이라고 해서 낚싯대만 담그면 잡을 거라는 생각은 잘못이다. 그토록 미련한 망둑어도 커가면서 꾀가 생기기 때문이다.

망둑어 낚시의 계절인데

지난해까지만 해도 소래 갯골은 낚싯대를 담그고 망둑어를 잡아 올리는 사람들로 북적거렸다. 그런데 올해는 남동구청에서 낚시 금지 표지판을 군데군데 세워놓아서인지 낚시하는 사람들을 볼 수가 없다. 망둑어를 잡아 올리는 풍경을 바라보는 즐거움마저 사라지고 말았다.

그러나 낚시 금지 표지판을 세워놓은 남동구청만 탓할 수는 없다. 낚시하는 사람들이 쓰레기를 갯골 아무 데나 버려 결국 심각할 정도로 오염이 됐기 때문이다. 망둑어 뛰는 계절에 길게 늘어선 갯골의 낚시꾼을 볼 수 없는 게 참 아쉽다.

초등학교 시절 방학을 하기가 무섭게 책가방을 마루에 내동댕이치고 낚싯대를 들고 소래 갯골로 뛰어가 쉽게 망둑어를 잡던 그 시절이 더욱 그립다. 그때만 해도 소래 갯골은 한적하고 조용한 청정 갯골이었다. 갯골은 아이들의 꿈결 같은 놀이터요 착한 인성을 키워온 잊지 못할 곳이다. 그런데 그 청정했던 갯골이 점점 썩어가고 있다. 물론 현대 문명의 발달로 인한 영향도 있겠으나 쓰레기를 갯골에 버린 몰지각한 사람들의 책임도 크다. '낚시 금지'를 탓할 수 없게 만든 장본인이 그 사람들이다.

영흥도
갈매기

사람과 갈매기의 식사 시간은 다른가 보다. 사람은 아침을 먹고 일터로 가는 시간인데 갈매기들은 꼼짝 않고 배 위에 앉아 있다. 회의를 하는 건시 아니면 휴식을 하는 건지 알 수는 없으나 영흥도 갈매기는 물고기도 잡아먹지 않고 날지도 않는 것 같다.

요즘 갈매기들은 사람들이 던져주는 과자만 받아먹으려고 한다. 스스로 먹이를 구할 생각을 하지 않고 사람들이 던져주는 과자만 기다리다 보니 점점 게을러지고 살이 쪄서 고기 잡는 데 둔해진 것 같다. 내 어린 시절에는 부잣집 애들만 먹던 과자를 요즘에는 갈매기들이 먹고 있으니 갈매기들마저 희귀병에 걸릴까 걱정이 된다. 모든 것이 사람들의 잘못이다.

바다에도 질서가 있다

바닷물이 거칠고 빠르게 밀려온다. 급하게 밀려온 물살이 갯가에 비스듬히 누워 곤히 잠을 자던 작은 어선을 깨운다. 바닷물이 밀려오면 바람이 뒤따라오고 그 뒤를 어선이 따라온다. 바다에도 질서가 있으며 약속이 있다. 물 따라 오는 어선은 갈매기를 불러오며 기다리던 어부의 아내에게 설렘을 안겨준다.

묶여 있는 작은 어선은 갈매기의 휴식처다. 작은 배를 삼킬 듯 바닷물이 더욱 거칠고 빠르게 밀려온다. 오늘따라 바닷물이 잔뜩 화가 났나 보다. 다른 어부들 모두 부지런히 바다와의 약속을 지키는데, 한 어부가 깜박했나 보다. 한 조각의 스티로폼 판때기에 몸을 의지하고 물 위에 떠 있는 작은 어선을 향해 급히 노를 젓는다.

작은 어선 위에서 휴식을 취하던 갈매기 가족은 그런 어부의 모습을 바라보며 충고했다.

"바다는 게으르거나 약속을 안 지키는 어부에게는 아무것도 주지를 않는다."

바닷물이 삽시간에 불어나 물살이 더욱 거세게 밀려왔다. 작은 어선 쪽으로 기우뚱거리며 노를 젓는 어부의 모습이 위태위태하다.

마지막
수수밭

"수수 농사는 올해가 마지막이유."

추석날 아침, 수수 사진을 찍으러 갔다가 할머니에게 들은 얘기다. 그곳에는 개발을 위한 중장비가 일찌감치 한구석을 차지하고 있었다. 나는 할머니의 말씀이 자꾸 생각났다. 수수밭이 사라지기 전에 한 컷이라도 더 찍기로 작정했다.

일부 여문 수수는 수확을 했으나 꽤 많은 수수들이 그물 모자를 뒤집어쓴 채로 파란 하늘을 향해 머리를 내밀고 있었다. 지난번에는 안개가 자욱하더니 오늘은 파란 하늘에 구름 한 점 없다. 수수밭 옆으로는 들깨가 여물어가고 있었다. 기름을 짜서 뿌려놓은 것 같은 들기름 냄새가 코를 찔렀다. 고추잠자리는 아직 잠에서 깨어나지 않은 채 지난밤 내린 이슬을 말리고 있다. 고구마와 땅콩을 캐는 중년의 부부에게 올해 수확이 어떠냐고 물었다. 두 부부는 싱글벙글 웃으며 지난해보다는 풍작이라고 했다. 내가 직접 농사지은 것도 아닌데 마음이 풍요롭다.

흠뻑 아침 이슬을 맞고 정신없이 사진을 찍다 보니 흙투성이가 되었다. 자전거를 타고 가던 분이 자전거를 세우고 내 모습을 바라보면서 "오늘은 또 무엇을 찍고 있나?"라고 말했다. 허리를 펴고 바라보니 고향 선배 K 씨였다. 개발을 하면 수수밭을 영원히 볼 수 없을 것 같아 수수 사진을 찍는 중이라고 했다. 30년 넘게 고향 사진을 찍어도 또 찍을 게 있냐고 하면서 자전거 페달을 밟고 어디론가 달려갔다. 나는 선배의 뒷모습이 보이지 않을 때까지 물끄러미 바라보았다. 오래전부터 내겐 참 좋은 분이셨는데 고향이 사라진 후 오랜만에 잠깐 만나서 몇 마디 나누고 헤어진 셈이다. 짧은 만남이 섭섭하면서도 기분 좋은 아침이었다.

칡덩굴 때문에

칡덩굴이 우리 마을 야산을 모조리 황폐화하고 있다. 강원도에서는 언덕에 불과한 뒷동산이겠지만, 내 고향에서는 귀한 대접을 받고 있다. 그 산은 나무가 우거져 가볍게 산책하기 참 좋은 곳이다. 그런데 그 뒷동산을 칡덩굴이 덮어가고 있다. 칡덩굴이 나무를 칭칭 감고 올라가 이불을 덮어놓은 것처럼 하고 있으니 나무들이 숨을 못 쉬고 하얗게 죽어가고 있는 것이다.

어린 시절에는 배가 고파서 칡덩굴이 뻗어나가기도 전에 손가락만 한 굵기의 칡마저 캐 먹어서 덩굴이 요즘처럼 뻗어나갈 수가 없었다. 하지만 배부른 세상이 되어서인지 뒷동산에 칡을 캐러 다니는 사람들을 볼 수가 없다. 그러다 보니 칡덩굴이 기세등등해서 수십 년 된 소나무와 밤나무를 비롯해 심지어는 가시가 날카로운 아카시아나무까지 기어 올라가 숨을 쉬지 못하게 옥죄어 죽이고 있다.

어떻게 해야 하나. 무슨 방법이 없을까. 그냥 놔두자니 나무들은 모조리 죽어갈 것 같고 가슴만 답답할 뿐이다. 다시 가난한 세상으로 돌아가 칡을 모조리 캐다 먹으면 그런 걱정은 할 필요가 없을 텐데. 누군들 그 세월로 돌아가고 싶을까. 산림을 책임지고 있는 사람들은 무엇을 하고 있는 것인지 하루빨리 대책을 세우지 않으면 나무 없는 민둥산이 될 게 뻔하다. 칡덩굴이 우리 마을 뒷동산만 황폐화하고 있을까. 칡과의 전쟁이라도 선포해야 할 만큼 심각하다.

칡덩굴을 부엌칼로 잘라내다가

아파트 단지 옆에 흙을 돋워 공원을 조성하면서 나무를 심었다. 그렇다고 칡덩굴을 심지는 않았을 텐데 웬일인지 나무를 구렁이가 칭칭 감고 올라가는 듯했다. 나무는 당연히 죽어가고 있었다. 칡덩굴 잎이 모두 떨어져 알몸을 드러낸 나무는 하나같이 바라볼 수 없을 만큼 살기 위해 처절히 몸부림치는 듯했다.

나뭇가지 끝까지 올라간 칡덩굴은 독사가 혀를 날름거리는 형상이었다. 끔찍하다는 생각이 들었다. 나무에게 가장 무서운 적은 칡덩굴이라고 생각했다. 비단 나무뿐만이 아니다. 칡덩굴이 뻗어나가는 곳에는 어떤 식물도 살 수가 없다. 이 궁리 저 궁리 끝에 우선 낫이나 톱이 있는 집을 물색했으나 아파트촌에서 그런 연장을 보관하고 있는 집이 있을 리 없었다.

혼자서 굵고 단단한 칡덩굴을 잘라낸다는 게 어려울 것 같아 고향 후배에게 협조를 요청했더니 별 반응이 없다. 결국 혼자서라도 칭칭 감고 올라간 칡덩굴을 부엌칼로 잘라버릴 수밖에 없다고 생각했다. 누님은 어디서 들었는지 괜한 일을 만들어 한다고 못마땅해했으나 멈출 수는 없다고 단호하게 말했다.

새싹이 돋아나기 전에 칡덩굴을 제거하지 않으면 나무는 모조리 죽고 말 것이다. 부엌칼을 가지고 다시 그곳으로 가서 칡덩굴 아래쪽을 칼로 몇 번 쳤다. 그런데 칡덩굴이 잘리기는커녕 부엌칼 손잡이가 부러지는 바람에 헛수고만 한 꼴이 되었다. 칡덩굴 때문에 부엌칼 한 자루만 결딴낸 셈이다.

뛰는 사람 위에 나는 사람

아침 6시에 일어나 알밤을 줍기 위해 손전등과 비닐 봉투를 준비해서 부지런히 밤나무가 있는 곳으로 달려갔다. 그런데 대여섯 명이 밤을 주워서 한 봉지씩 들고 오는 것이었다. 뛰는 사람 위에 나는 사람이 승리를 한 것이다. 5시에 일어난다는 것이 6시가 넘어서 일어났기 때문에 한발 늦은 결과다. 밤 줍는 것을 포기할까 하다가 가족에게 큰소리치고 왔기 때문에 밤알이 남아 있겠지 하며 두 눈을 씻고 찾아보아도 한 알도 보이지 않았다.

주위를 살펴보니 가시덤불에 밤나무 한 그루가 딱딱 벌어진 밤송이를 달고 있었다. 가시덤불로 우거져 사람들이 접근을 할 수 없는 곳이기 때문에 그나마 밤송이가 매달려 있었다. 한참을 망설이다가 가시덤불을 하나하나 헤치며 들어가기 시작했다. 가시덤불은 쉽게 길을 내주지 않았다. 오직 밤알 생각 때문에 옷이 찢겨나가는 것을 느끼지 못했다. 그곳에는 탱탱한 밤알이 여기저기 떨어져 있었다.

하필이면 면 남방을 입고 간 것이 문제였다. 가시에 옷이 걸려 올이 풀리면서 여기저기 찢어져 상처가 났다. 어렵사리 밤나무 밑으로 들어가긴 했는데 나올 때가 더 큰 문제였다. 가시덤불은 내 머리와 손을 비롯해서 여기저기 무차별 공격했다. 그곳에서 더 밤을 줍는 것은 미련한 짓이라고 생각했다. 허리를 굽혀가면서 이리저리 헤치며 겨우 빠져나왔으나 꼴이 말이 아니었다. 벌이 머리 위를 돌며 윙윙거리더니 목에 달라붙어 독침을 박아놓고는 어디론가 날아가 버렸다.

손바닥에 침을 뱉어서 벌에 쏘인 곳에 발랐다. 어릴 때 배운 응급조치인데 효과가 있는지 없는지는 알 수가 없다. 밤알 몇 개 줍지도 못한 채 집으로 돌아와 벌에 쏘인 곳에 된장을 발랐다. 땅벌에 쏘인 게 아니라 다행이었다. 그러다 그곳에서 본 다람쥐와 청솔모가 생각났다. 밤알과 도토리는 다람쥐와 청솔모의 주식이다. 사람들이 그렇게 싹쓸이하고 나면 먹을 게 없어서 생존하기가 어렵다는 생각이 벌에 쏘인 후에야

들었다. 밤알을 챙겨서 달려가 가시덤불 속으로 모두 던졌다.

밤나무와 도토리나무 밑은 반들반들하게 집터를 닦아놓은 것 같았다. 많은 사람들이 밤알과 도토리를 줍는 데 혈안이 되어 다녀간 흔적이다. 밤알을 가시덤불 속으로 던지고 나니 마음이 후련했다. 사람과 동물이 함께 살 수 있는 공존의 법칙을 오히려 사람들이 지키지 않고 있다. 그 법칙이 무너지면 결과적으로 사람들에게 재앙이 돌아온다는 것을 새삼 깨닫게 해준 날이었다.

담양은
대나무 세상

예부터 대나무를 곧은 선비의 상징으로 여겼다. 그런데 요즘 세상에는 대나무에 비유할 만큼 청렴하고 올곧은 선비가 있는지 의문스럽다. 사람은 변했는데 어째서 대나무만큼은 변함없이 사계절 푸르고 곧게 뻗어 있을까 궁금했다. 그런 대나무를 직접 보고 싶었으나 대나무의 고장인 담양을 먼 곳으로만 생각했기 때문에 선뜻 나서지 못했었다. 마침 광주의 L 기관장 초청으로 광주행 KTX 열차를 타게 되었다. 멀게만 생각했던 송정역에 1시간 40여 분 만에 도착했다.

송정역에서 승용차로 1시간 남짓 달려서 도착한 곳이 담양의 '죽녹원'이었다. 그곳은 온통 대나무로 덮여 있었고 향이 진동을 했다. 짐을 푼 곳은 소나무를 써서 전통 방식으로 지은 한옥이었다. 창문 너머로는 쭉쭉 뻗은 대나무뿐이었다. 바람에 부딪치는 대나무 잎 소리, 새소리, 바람 소리가 합창을 하며 반겨주는 듯했다. 서둘러 주위를 둘러보기로 했다. 촘촘히 하늘을 향해 곧게 뻗은 대나무는 녹색부터 엷은 회색까지 갖가지 색이었다. 대나무가 태어난 순서를 쉽게 알 수가 있었다.

대나무 숲길 따라 걷는 황톳길은 처음으로 느껴보는 평온함을 주었다. 길마다 안내표지가 붙어 있었다. 사색의 길, 선비의 길, 철학자의 길, 죽마고우 길, 사랑이 변치 않는 길 등 모두가 대나무와 연관된 의미 있는 길이라고 생각했다. 그중에서 먼저 선비의 길을 걷기로 했다. 옛 선비들은 이 길을 걸으며 무슨 생각을 했을까. 대쪽 같은 선비가 사라진 요즘 세상에서 대나무는 이 세상을 어떻게 바라보고 있을까. 궁금한 게 한두 가지가 아니었다. 대나무는 하늘로 치솟아 먼 세상을 바라보며 꿋꿋하게 서 있었다. 대나무가 더욱 돋보이는 세상이다.

대나무의 신음 소리

심보가 고약한 누군가가 예리한 흉기로 대나무에 깊은 상처를 냈다. 보기가 민망스럽고 부끄럽다. 대나무의 신음 소리가 떨리는 듯 들려왔다.

"사람들은 왜 내 몸에 칼질을 해서 고통스럽게 죽어가게 하는지 알 수가 없습니다. 친구를 사랑한다고 하면서 내 몸에 꼭 글씨를 써놓아야 사랑하는 건가요? 그런 사람은 사랑할 자격도, 대나무 마을에 올 자격도 없는 사람입니다. 그런 사랑은 오래가지 못합니다. 대나무를 사랑할 줄 모르는 사람이 온전한 사랑을 할 수가 있을까요?"

사랑

정말 죽어가는 것일까

3년 전 지인이 앙증맞은 화분 하나를 선물했다. 그 화분에는 '디스키디아'라는 명패도 꽂혀 있었다. 생전 처음 보는 작은 꽃이어서 작업실 양지 쪽에 놔두었다. 워낙 작아서 꽃이 필까 생각했는데 1년에 두서너 번 쌀알만 한 크기의 연분홍 꽃을 피운다. 그 꽃을 바라보노라면 생명의 신비로움이 느껴진다. 가는 줄기가 20여 센티미터 뻗어나가다가 스스로 하얗게 말라 더는 자라지 않았다.

앙증맞게 피어나는 작은 꽃이 신기해서 하루에도 몇 번씩 관찰하게 된다. 그러다 보니 꽃이 물을 먹고 싶어 할 때를 알게 되어 정성을 들인 덕에 잘 자라왔다. 그 꽃을 볼 때마다 선물한 분의 심성을 보는 것 같아서 줄곧 그분을 떠올렸다. 원래 동죽 조개같이 생긴 물주머니가 두 개였는데 두 개가 더 생겨 네 개가 되었다. 그런데 며칠 전부터 먼저 있던 물주머니가 노랗게 죽어가더니 잎과 줄기마저 죽어간다.

수명이 다 된 것인지 아니면 병이 든 것인지 알 수가 없다. 다른 화분에는 관심이 없으면서도 디스키디아만큼은 유독 정성을 들였다. 말이 없는 식물도 세심하게 신경을 쓰다 보면 잘 자란다는 것도 알게 되었다. 그러나 잠을 자다가 벌떡 일어나 다시 보아도 분명 말라죽는 것 같았다.

친구가 되다시피 한 디스키디아가 정말 죽으면 어쩌지 하는 생각에 잠을 이룰 수가 없다. 애지중지 키우던 애완동물이 병들거나 죽을 때 주인의 심정이 어떨지 이해할 것 같았다. 라디오의 실행 버튼을 누르니 하필이면 이별 노래가 흘러나왔다. 이래저래 오늘 밤은 슬픈 밤이 되고 말았다.

하얀 서리가 원망스러운 날

며칠 전 강한 비바람을 이겨낸 코스모스가 오늘 아침에 내린 하얀 서리를 이겨내지 못하고 갈기갈기 찢겨 고개를 숙인 채 죽어가고 있었다. 무성하던 코스모스는 자취를 감추고, 늦게 고개를 내민 코스모스는 세상 구경을 하지도 못한 채 죽어가는 모습을 바라보면서 가슴이 저려왔다. 코스모스를 찍을 때마다 마음의 평온함과 기쁨을 가득 선물받았다. 그런 코스모스였기에 오늘 아침에 내린 하얀 서리가 원망스러웠다.

사람이나 코스모스나 때가 되면 죽음을 맞이하는 게 진리인가 보다. 그런데 사람들은 부귀영화, 권력, 명예를 차지하려고 헐떡이며 살다가 죽음이 목전에 다가와서야 후회한다. 결국은 세상의 끝자락에서야 후회하는 게 사람이다. 코스모스처럼 곱게 살다가 살며시 죽어가는 그런 삶을 살 수 있다면 얼마나 좋을까.

왜 이렇게 서러울까

왜 이렇게 서러울까. 며칠 전부터 생긴 마음의 병이다. 남들은 복에 겨워서 그렇다고 한다. 하지만 나는 그 말에 동의하지 못한다. 물론 제 좋아서 하는 일이기 때문에 때로는 스스로 행복하다는 생각이 들기도 한다. 그러나 좋은 사진 한 점 만들기 위해 발에 쥐가 나도록 주제를 찾아다니는 일은 노동 중에서도 중노동이다. 팔자려니 생각하니까 망정이지 사진을 찍어서 돈 벌어오라고 하면 당장 그만두었을 것이다. 문명사회를 살아가는 사람들에게 물질의 유혹을 말끔히 정리한다는 것은 매우 어렵다. 나를 가끔씩 괴롭히는 것 또한 마음 한구석에 남아 있는 그 물질의 유혹 때문이다.

올라가야만 하는지

오이 덩굴이 살금살금 철망을 타고 올라간다. 원숭이가 나무에서 떨어지지 않기 위해 긴 꼬리를 나뭇가지에 칭칭 감는 것처럼 철사를 칭칭 감고 있다. 오이 덩굴도 사람을 닮아서인지 올라가는 것을 좋아하는가 보다.

우리나라 사람들은 높은 산이건 낮은 산이건 산꼭대기에 올라가야 직성이 풀린다. 그래서인지 무슨 무슨 산악회가 참 많다. 심지어는 아파트 동마다 산악회가 있다. 그런데 등산회(登山會)는 많아도 하산회(下山會)는 들어본 적이 없다.

왜 꼭 정상에 올라가야만 하는지 알 수가 없다. 어느 신문에서 등산 인구가 하도 많아서 산림이 심각하게 훼손되고 산마다 몸살을 앓는다는 기사를 본 적이 있다. 여자건 남자건 높은 곳에 오르려고만 하니 하나님이 이 나라 국토의 70%를 산으로 만들어주셨나 보다.

사진을 시작하면서부터 올라갈 곳이 없으니 경쟁할 대상도, 여기저기 눈치를 볼 필요도 없다. 높은 곳에 오르지 못하는 인생을 살아가며 낮은 들판에서 사진을 찍을 때마다 벅찬 기쁨을 느낄 수 있으니 그보다 더 큰 행복이 어디 있을까.

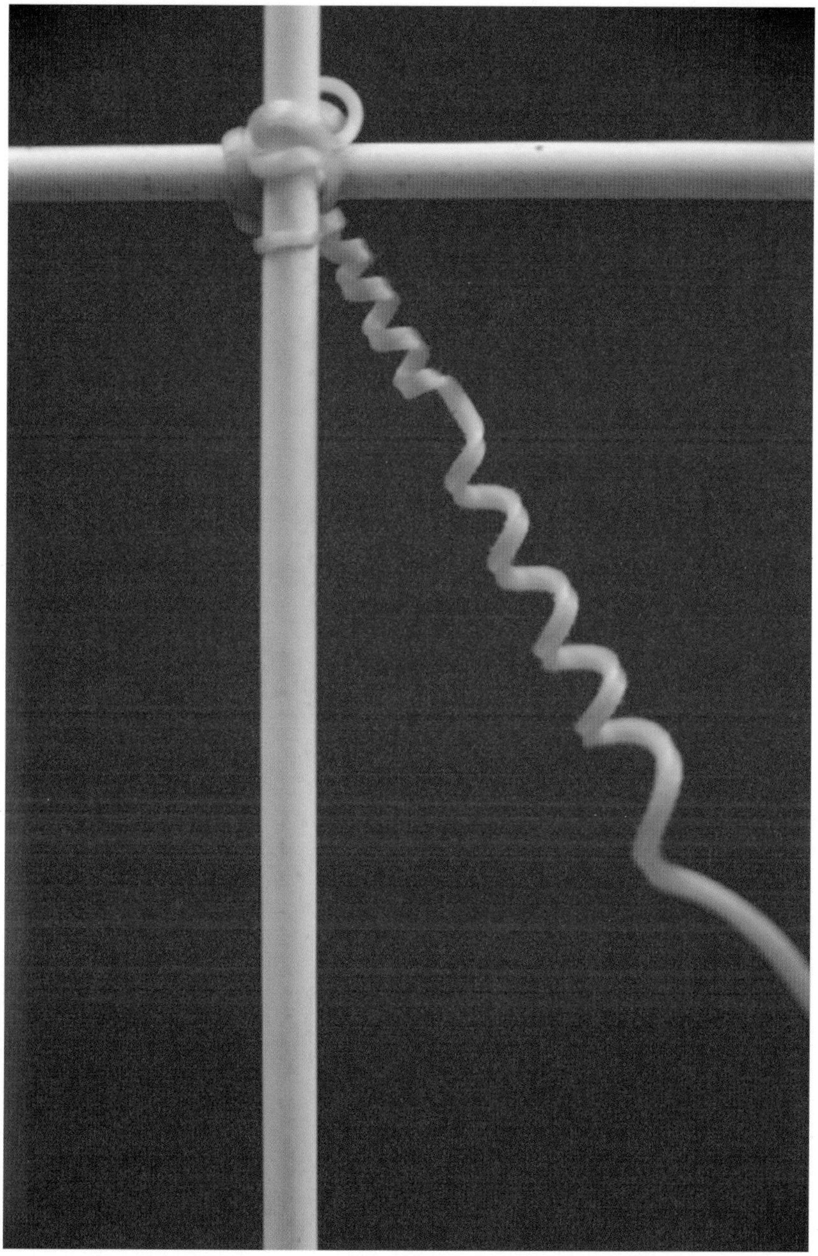

농촌은 비닐 홍수

봄은 사람과 동물, 모든 생물이 분주한 계절이다. 특히 농촌에서는 봄에 씨앗을 뿌려야 수확의 기쁨을 누릴 수 있으니 어딜 가나 농부들의 손은 멈추질 않는다. 우리나라 농부들은 지구상에서 제일 부지런하다는 생각이 들 때가 종종 있다.

요즘은 농사에 비닐을 많이 사용하기 때문에, 비닐로 인해 환경이 심각하게 훼손되기도 한다. 언제부터인가 농촌은 비닐 홍수 속에서 살고 있다. 그 많은 비닐을 사용 후 어떻게 처리하는지 궁금하다. 비닐은 땅속에서 썩지 않고 100년을 간다고 한다. 그만큼 심각한 환경 오염원이 되고 있다.

인삼밭은 예술이다

우리나라 인삼은 국제적으로도 효능을 인정받는 귀한 건강식품이다. 인삼밭 사진을 수년간 찍어오면서 그럴 만한 충분한 이유가 있다고 생각했다. 인삼밭을 온통 예술품처럼 장식해서 정성을 다해 키우니 인삼의 효능이 좋은 것은 물론이거니와 사람처럼 돌보아 인삼(人蔘)이라고 쓰는가 보다.

어딜 가나 인삼밭은 직사광신과 빗줄기를 막아주는 지붕으로 덮여 있다. 그 지붕만 보아도 인삼밭이라는 것을 쉽게 알 수 있다. 그런데 그 지붕이 하나같이 예술품이다. 인삼은 예술을 좋아하는가 보다. 인삼을 먹고 살아온 우리 민족은 그래서 훌륭한 예술가들이 많은 것일까. 인삼밭 앞에 서면 모두가 궁금한 것뿐이다.

인삼은 6년의 세월과 농민의 땀, 기다림, 자연이 조화를 이룬 후에야 수확을 하게 된다. 그렇게 정성을 들여 가꾸어온 인삼을 송두리째 도둑질해간다는 백발이 성성한 허리 굽은 할머니의 말씀을 듣고 화가 치밀었다. 도둑 중에서도 아주 나쁜 도둑놈이다. 불가피하게 도둑질을 해서 먹고살려면 부정한 방법으로 부자가 된 그런 집을 털어야지 피땀 흘려 6년이나 가꾼 인삼을 송두리째 도둑질해가는 도둑놈이야말로 천벌을 받아 마땅하다.

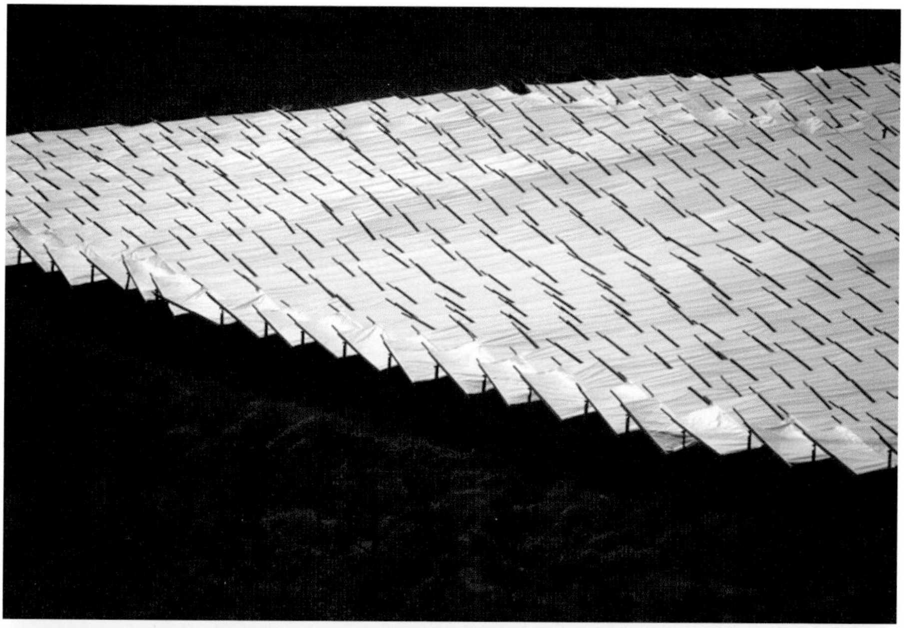

참새는 허수아비에게 속을까

가을이 점점 깊어갈 때 들녘은 황금색으로 일렁인다. 농부의 땀과 힘겨운 노동과 태양이 하나 되어 벼 이삭이 여물어갈 때가 참새들의 잔칫날이다. 하지만 농부들은 참새의 잔칫날을 즐거워하지 않는다. 오히려 그때부터 참새와의 힘겨운 전쟁이 시작된다.

예나 지금이나 참새 떼가 접근하지 못하도록 허수아비를 들판에 세워놓는 것은 변함이 없다. 허수아비를 사람처럼 보이게 해서 참새가 여물어가는 벼 이삭을 먹지 못하도록 한 조치다. 그런데 참새들은 허수아비를 성낼 사람이라고 생각하는 것일까. 약아빠진 사람을 흔히 참새에 비유한다. 그만큼 참새가 영리하다는 말인데, 그런 참새가 정말 허수아비에게 속을까.

사람들은 참새 떼를 막기 위해 별별 수단을 동원한다. 꽝! 꽝! 소리만 요란한 대포를 쏘거나 징을 동원해서 요란하게 치기도 한다. 그것도 모자라서 그 넓은 논에 아예 그물을 쳐놓는 경우도 있다. 심지어 공장에서 허수아비를 대량 생산하는 시대가 되었다.

공장에서 생산하는 허수아비는 현대적이며 그 모양이 다양하다. 사람 모양의 은박지에 각종 그림을 그려서 줄에 매달아놓으면 가을바람에 이리저리 날려 참새가 무서워 접근하지 못하도록 한 아이디어 상품이다. 점점 더 약아빠져 가는 참새와 농부의 힘겨운 싸움은 중동의 끝없는 전쟁보다 질기다. 다 된 밥에 재 뿌리는 참새와 평화조약이라도 맺어야 할 판이다.

하늘 아래
다리

바닷물이 소래포구를 지나고 나면 세 갈래의 갯골에 도착한다. 왼쪽 갯골은 인천시 남동구 만수동 아파트 쪽으로, 가운데 갯골은 시흥시 방산동 쪽으로, 오른쪽 갯골은 시흥시 포동과 장곡동 쪽으로 흘러간다. 세 갈래의 갯골에 바닷물이 공정하게 밀려가는지 궁금하다. 그 일대 좌우로는 300여만 평의 거대한 염전이 자리 잡고 있었다. 그러나 지금은 갈대숲으로 우거진 넓은 들판으로 변해 있으며 인천시와 시흥시에서 손바닥만 한 염선을 교육용으로 운영하고 있다.

시흥시 포동 쪽 갯골에는 자전거를 닮은 다리가 갯골을 가로질러 세워져 있다. 2015년 세운 것인데 그 다리에 칠한 색이 주변과 어울리지 않는다는 생각이 들었다. 왜 하필이면 하고많은 색 중에 다리 전체를 미색으로 칠했을까. 색에 민감한 나로서는 아쉬움이 크다. 갯골을 가운데 두고 양옆으로 황톳길이 이어져 있으며, 계절 따라 많은 철새들이 날아와 휴식을 취하는 편안한 곳이다. 특히 갈대와 빨간 칠면초가 어우러진 풍경은 볼 때마다 감탄이 절로 나온다.

그곳으로 사진을 찍으러 갈 때마다 시흥시에서 자연을 얼마나 소중히 다루는지 알 수 있다. 갯골을 가로질러 놓은 다리를, 나는 '하늘 아래 다리'라고 부른다. 하지만 그 다리는 사진가들만의 다리가 아니다. 애당초 다리 색을 칠면초와 어울리는 빨간색이나 하늘색으로 칠했으면 하는 아쉬움이 크다.

채워도 모자라는 게 욕심

양철 지붕이 세월을 견디지 못하고 녹슬어 삭아가고 있다. 어느 스님의 누덕누덕 기운 옷처럼 양철 지붕도 여기저기 땜질을 했다. 사람도 마찬가지다. 세월이 지나면 몸이 고장 나서 병원을 찾아가 여기저기 치료를 하게 된다. 이 세상에 영원이 어디 있겠는가. 천 년을 사는 나무보다 못한 게 인간이다. 채워도 채워도 모자라는 게 사람의 욕심이다. 그 욕심이 화를 불러와 녹슨 양철 지붕보다 더 빨리 몸과 정신이 삭아간다.

우리 집은 내가 생각해도 두 식구 살아가는 데 살림 도구가 너무 많다. 물론 어머니가 사용하시던 것을 물려받은 이유도 있으나 그 분야는 아내의 몫이기 때문에 내 마음대로 버릴 수가 없다. 언젠가 주방에 들어가 버릴 것을 찾아놓았다가 아내와 대판 싸운 적이 있기 때문에 그 이후로는 두 번 다시 주방 기기는 단 하나라도 버리자는 말을 못한다. 늘 그 문제만큼은 못마땅하다. 여자 이기는 남자가 없다는 사실을 실감한다.

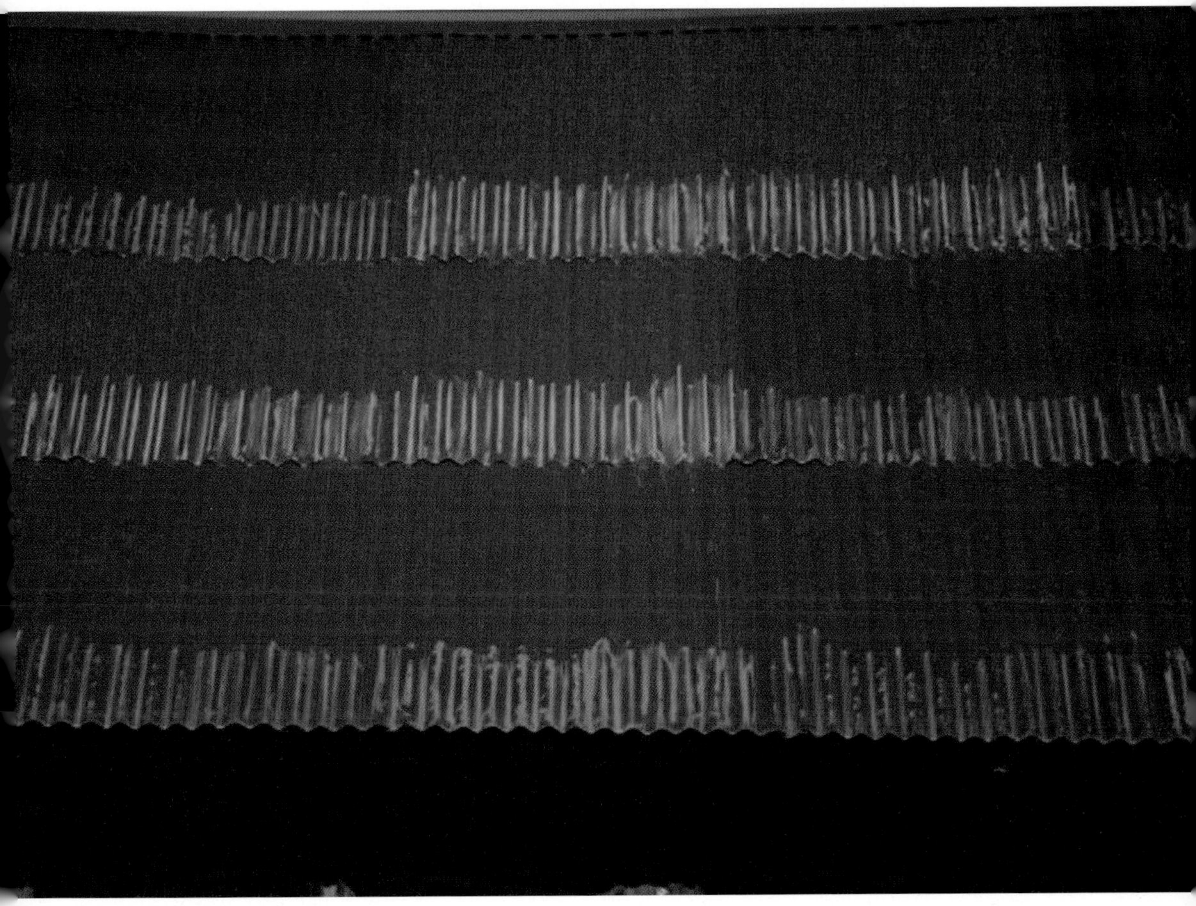

산길을 걸으며

부슬부슬 내리는 봄비를 맞으며 산길을 걷는다. 다행히 빗줄기는 안개비로 변해 우산 없이도 걷는 데 불편함이 없다. 함께 동행한 사람들은 모두 걸음이 빨라서일까 아니면 내 걸음이 느려서일까, 거리가 점점 멀어지더니 동행한 사람들이 이내 모습을 감추었다. 꼬불꼬불한 산길은 비가 온 탓에 질퍽거리는 곳이 많다. 나는 그 질퍽거리는 길을 굳이 피해 가려고 하지 않았다. 그러다 보니 등산화에 진흙이 달라붙어 걸음이 더 느려졌다. 사람들이 모두 비켜 가는 질퍽거리는 황톳길이 나는 좋다. 흙냄새가 몹시 그리워서다. 봄은 더 많은 그리움을 불러온다. 무작정 어디론가 떠나고 싶다. 그럴 때 이것저것 따지지 않고 훌쩍 떠날 수 있다면 행복한 사람이다.

바람[風] 중에도 좋은 바람과 나쁜 바람이 있다. 이곳에 도착하기 전에 방문했던 곳은 나쁜 바람이 모래를 안고 와 마구 뿌려댔다. 두 눈을 뜰 수가 없고 몸이 날아갈 것 같았다. 그런 나쁜 바람을 이길 도리가 없기 때문에 피할 곳을 찾는 게 상책이다. 그러나 산길을 오를 때부터 참 좋은 바람이 불어와 기분이 상쾌해졌다. 입을 크게 벌리고 바람을 마음껏 마시고 나니 정신이 맑아지며 힘이 솟았다. 좋은 바람은 이 나무 저 나무의 향기를 듬뿍 안고 와서 마음껏 마시게 한다. 재잘거리는 새소리, 나뭇가지를 흔드는 그 소리는 병든 현대인에게 명약이 되기도 한다.

나무들도 가족끼리 모여 산다. 갈참나무, 홍송, 그중에서도 자작나무는 대가족이다. 치장을 하지 않아도 나무는 멋지고 아름답다. 그런 산길을 오르는데 사람들은 왜 빨리만 가는 것일까. 목적지가 없는 길을 걸어가는 것도 삶의 수행이다. 좋은 바람이 검은 먹구름을 서서히 밀어내더니 파란 하늘이 수줍은 듯 알몸을 드러냈다. 산은 여인의 허리선처럼 곱고 어머니의 가슴처럼 따듯하게 다가와 가슴을 설레게 한다. 그래서 산은 많은 사람들을 유혹하는가 보다.

나는 산길을 오르며 목적지를 잊고 싶었다. 그러나 함께 동행한 사람들이 있으

니 늦지도 빠르지도 않을 만큼 걷고 걸으며 지난 추억을 떠올려 사색에 잠길 수가 있었다. 바람과 진흙, 나무 향기와 함께한 소중한 시간이 지나고 있었다. 쭉쭉 뻗은 나무 위로 파란 하늘이 얼굴을 내밀며 인사를 한다. 꼬불꼬불한 산길에 간간이 직선 길이 나타난다. 이 길을 얼마나 많은 사람들이 걸어갔을까. 마음 아픈 사람, 외로운 사람, 병든 사람, 무작정 떠나온 사람들의 발자국이 묻혀 있는 산길을 따라 바람과 함께 묵묵히 걷는다.

누님네
가는 길

누님네는 내 작업실에서 차로 7분 거리다. 하지만 나는 걸어서 40여 분 걸리는 꼬불꼬불 오솔길로 걸어간다. 비 온 뒤여서 길가의 잡초와 나뭇잎이 더 푸르다. 청솔모가 나무를 오르락내리락하다가 나와 눈이 마주쳤다. 유난히 동그랗고 반짝거렸다. 뻐꾸기도 뻐꾹뻐꾹 노래를 부르고 있다.

오솔길을 가다 보면 아름드리 고목도 있고 도토리나무, 밤나무도 있다. 도토리와 알밤이 떨어지는 계절이 오면 누님과 함께 줍던 그때가 더욱 그립다. 누님과 함께 걸으며 걸으며 이야기를 주고받았던 그 오솔길이 아직도 남아 있다는 것이 얼마나 감사한지 모른다. 칠 남매 중에 큰누님은 일찍 돌아가신 아버지를 대신해서 집안일을 돌봐주셨다. 내가 사진가의 길로 삶을 바꾼 후 고난이 닥쳐와 힘겨워할 때 누님은 큰 힘이 되어주셨다. 그래서 누님과 정이 더 깊게 들었다. 누님은 얼마 전에 무릎 수술을 해서 예전처럼 그 오솔길을 걷지 못하신다. 언젠가는 누님과도 이별할 날이 찾아올 거라는 생각에 누님네 가는 길은 슬픈 길이 되고 말았다.

오늘은 누님네 가는 길 위에서 내가 걸어온 길을 떠올려보았다. 험한 길도 걸었고, 평탄한 길도 걸었다. 하지만 누님네 가는 길만큼 편안한 길은 없었다. 언덕에 올라가니 냉수 같은 상큼한 바람이 불어왔다. 그 바람은 나무가 뿜어낸 생명의 바람이라고 생각했다. 누님께 그 바람을 한 자루 담아드려야겠다.

여명의 신비로움

태양과 달이 숨바꼭질을 하고 있다. 태양이 동쪽에서 솟아오르면 달은 서쪽으로 더 멀어진다. 달이 동쪽에서 떠오르기 시작하면 태양은 초지일관 서쪽의 바닷속으로 숨어버린다. 태양과 달은 항상 일정한 간격을 유지하며 절대로 추월하려 하지 않는다.

서로를 인정하는 태양과 달이야말로 사람들이 본받아야 할 대상이다. 하지만 상대를 인정하기는커녕 헐뜯고 짓밟아 앞서기만 하려는 사람들은 서서히 떠오르는 태양을 바라보면서 잠깐이라도 부끄러움을 느껴야 한다.

가던 길을 멈추게 되면

새해부터 무기력하더니 벌써 석 달째다. 신명 나게 찍어대던 사진마저 관심에서 멀어졌다. 눈만 뜨면 컴퓨터를 켜던 습관도 뜸해졌다.

그런 내 모습과는 달리 자연은 빠르고 생동감 넘치게 변화하고 있다는 것을 느낄 수가 있었다. 창밖 하늘에 둥둥 떠다니는 구름과 밀려오는 바닷물을 따라 고깃배와 갈매기는 변함없이 움직이고 있었다.

멈춘다는 것은 무엇을 의미하는 것일까? 바닷물이 들어오는 길을 인력으로 막아 멈추게 할 수는 있겠지만 이 세상 모든 생명길을 막아비린다는 것은 신이 아니고서는 불가능하다. 인간의 종착역은 오직 신만이 알고 있기 때문이다. 그럼에도 죽음을 생각하게 되는 것은 가던 길을 멈출 때 찾아오는 현상이다.

생명체가 무기력해진다는 것은 죽음만큼이나 무서운 현상이다. 사진을 찍어야만 무기력함에서 벗어날 수 있다는 생각이 섬광처럼 번득였다. 벌떡 일어나 컴퓨터를 켰다. 그리고 예전처럼 창문을 열고 하늘을 바라보았다. 쉽게 오지 않을 것 같은 봄이 가까이 다가와 있었다. 봄을 따라온 상큼한 향기가 케케묵어 쌓인 목구멍으로 흘러들었다. 그렇게 시원할 수가 없었다.

길을 걷자 하며 카메라 가방을 둘러메고 오랜만에 길을 찾아 나섰다. 길 중에서도 굳이 황톳길을 걸으며 생각했다. 사진가의 길을 가다가 멈춘다는 건 죽음이나 다름없다. 멈출 수도 되돌아갈 수도 없는 위치에서 새로운 나를 다시 찾아야겠다는 소리가 가슴속 깊은 곳까지 울려 퍼졌다. 오늘도 태양은 변함없이 동쪽에서 떠오른다.

5부

하늘과의 동행

어머니는 왜 홍시만 좋아하셨을까

홍시를 좋아하신 이유

어머니는 생전에 홍시만 좋아하셨다. 하지만 나는 딱딱한 단감을 좋아해서 감을 살 때는 홍시와 단감을 함께 사야 했다. 어머니가 나이가 지긋하셔서 홍시를 좋아하신다고 단순히 생각했는데, 병원에 입원을 하시고 난 후 왜 홍시만 좋아하셨는지 깨달았다.

병 수발을 하면서 입안을 소독해드리며 보니 치아가 세 개뿐이셨다. 순간 가슴을 쥐어뜯고 싶었다. 언젠가 저녁 밥상 앞에서 "틀니 하는데 돈이 많이 들겠지?"라고 하시고는 더는 말씀이 없으셔서 무관심했다. 어머니가 사경을 헤매실 때야 홍시를 좋아하신 이유를 알게 되었으니 나는 아주 못나고 나쁜 자식이다.

자식에게 단 한 푼이라도 부담을 주지 않기 위해 치아가 세 개밖에 없다는 것을 숨기고 불편함을 참아오신 어머니를 생각하면 지금도 가슴이 미어진다. 나는 당장 치과에 가서 어금니 네 개를 박아야 할 처지임에도 선뜻 갈 수가 없다. 홍시가 매달려 있는 감나무 밑을 떠나지 못하고 서성거리는데, 어디선가 까치가 날아와 감나무에 앉아 까악까악 울고 있다.

까치집을 계속 찍어야 하나

요즘 세상에 까치는 길조가 아니다. 농부들이 땀 흘리며 일 년 동안 가꾸어온 과일을 쪼아 먹기 때문이다. 그것도 잘 익고 상품 가치가 있는 것만 골라서 결딴을 낸다고 하니 까치는 과수 농부들의 원수나 다름없다.

그런데 하필 어머니는 세상 떠나시기 전 "내가 죽고 까치가 네 집 창가에 와서 울면 에미인 줄 알고 문 열어놓아라" 하고 말씀하셨다. 어머니가 세상을 떠나시고 난 후, 길을 걸어가다가 까치가 울면 행여나 어머니가 아닐까 해서 가던 길을 멈추고 까치를 바라본다. 그런데 길조로 취급받던 까치가 언제부터인가 유해 동물로 분류가 돼서 고약한 새로 사람들의 눈총을 받고 있다. 왜 하필이면 그런 새가 되신다고 했는지 안타깝다.

비록 어머니는 이 세상에 안 계셔도 까치집 사진을 줄기차게 찍어오고 있는데 계속 찍어야 하나 망설이고 있다. 지금까지 까치를 어머니의 새로 여겨온 나로서는 과수 농가의 주인처럼 당장 까치를 학대할 수가 없다. 그렇다고 해서 어머니에게 물어볼 수도 없는 노릇이니 까치 때문에 가슴만 답답하게 되었다.

다시 걷고
싶은 길

가끔씩 홀로 황톳길을 걸을 때가 있다. 하늘나라에 계신 어머니가 너무 보고 싶고 그리워서다. 어머니는 일곱 자식을 먹여 살리기 위해 온종일 잡초가 무성한 척박한 땅에서 손바닥에 피가 맺히도록 풀을 뽑아내고 먹을거리 씨앗을 뿌리셨다. 겨울에는 멀건 식은 죽 한 그릇을 훌훌 마시고는 하얀 광목천으로 허리를 질근 동여매시고 큰 바구니에 새우젓 가득 담아 머리에 이고 걸어 걸어 장사를 다니셨다. 해가 오봉산 너머로 숨어버리고 소쩍새가 한참을 울어야 터벅터벅 돌아오셨다. 철없는 어린 나는 어머니에 대한 걱정보다는 장사가 잘되어 호떡이라도 사오셨으면 하는 바람뿐이었다.

세월이 한참 지나서야 어머니가 장사를 다니시던 그 길을 걸으면서 내가 아주 어리석고 못난 놈이라는 것을 깨달았다. 나는 어머니가 장사 다니시던 길을 찾아다니며 미친 듯이 사진을 찍었다. 어머니의 흔적만이라도 찾고 싶어서였다.

어느 가을날 이른 아침 코스모스 활짝 핀 길을 자전거를 타고 힘차게 달렸다. 코스모스가 모두 고개를 살랑이며 반겨주는 것 같았다. 나는 수많은 꽃 중에서도 특별히 코스모스를 좋아한다. 초등학교 시절 코스모스가 양옆으로 흐드러지게 핀 황톳길을 따라 학교에 다니던 기억이 오래도록 남아 있어서다. 지금은 흔적 없이 사라진 그 길을 다시 걷고 싶다.

감자꽃
필 때는

감자꽃이 필 때는 어김없이 감당할 수 없을 만큼 힘겨운 가슴앓이를 한다. 가난한 어린 시절, 하얀 감자꽃이 활짝 핀 황토밭 언덕길을 걸으며 부자가 되어서 꼭 감자꽃이 필 때 돌아온다던 친구가 생각나서다.

그때 나는 하얀 감자꽃을 꺾어서 친구의 손에 쥐여주며 두 손을 꽉 잡았다. 모든 걸 주고 싶은데 그 어떤 것도 마땅히 줄 게 없어서였다. 쏟아지는 눈물을 참고 또 참아야 했다. 하지만 1년에 한 번 피는 감자꽃이 피고 지기를 수없이 반복해도 친구는 돌아오지 않았다.

올해도 감자꽃은 눈부시게 피어났다. 감자꽃이 필 때는 모든 걸 제쳐놓고 그 언덕으로 달려간다. 하지만 감자꽃은 내 마음을 아는지 모르는지 산 너머에서 불어오는 바람을 타고 살랑살랑 고개를 흔들고 있을 뿐이다.

사자(死者)의 휴대전화

상현이는 내게 참 좋은 친구였다. 내가 사진을 시작하고부터 고향 친구들이 날 미친놈이라고 손가락질하며 수군거릴 때 상현이는 변함없이 나를 격려해주었다. 내가 몹시 힘겨울 때 밤 12시건 새벽이건 전화를 하면 한마디 불평 없이 달려와 밤새도록 이야기를 주고받았다. 그런데 몹쓸 간암에 걸려버렸다. 수술을 마친 상현이는 건강을 되찾기 위해 피눈물 나는 노력을 했다. 하얀 이가 드러나게 빙그레 웃는 모습으로 서서히 돌아오는 듯했다.

그토록 살기 위해 피눈물 나는 노력을 했던 친구의 간청을 하늘은 매정하게 거절했다. 친구의 시신이 불더미로 들어가는 날 심장이 끊어지는 것 같았다. 차마 두 눈 뜨고 바라볼 수가 없었다. 장사(葬事)를 치르고 난 후 나는 친구의 가족에게서 관심을 거두지 않겠다고 다짐을 했다. 그리고 10년이 지났다. 고단한 삶을 살아오면서 그 다짐을 까마득히 잊은 것이다. 어느 날 문득 친구가 생각나서 전화를 하려고 휴대전화기 찾다가 죽은 사람이 무슨 전화를 받겠으며 전화기마저 불에 태웠을 거라고 생각하며 포기했다.

얼마 전 친구 집으로 전화를 하려고 하니 내가 사용하던 휴대전화를 분실해 전화번호를 알 수가 없었다. 어떻게 해서든 전화번호를 알려고 수소문하던 중 마침 친구와 이웃에서 살던 소꿉친구를 만나 전화번호를 알게 되었다. 뜻밖에도 죽은 친구가 사용했던 휴대전화 번호였다. 가슴이 두근거렸다. 혹 잘못된 전화번호가 아닌가? 죽으면 사자의 전화기도 당연히 함께 죽는다고 생각한 것이 잘못이었다.

며칠을 망설이다가 전화번호를 하나하나 눌렀다. 예전의 신호음처럼 따르릉따르릉

소리가 들렸다. 차라리 전화를 안 받았으면 하는 생각이었다. 끊어버릴까 하는 혼란스러움이 더욱 뒤숭숭하게 했다.

"여보세요!"

친구 아내의 목소리가 아닌가. 반가우면서도 어떤 말도 할 수가 없었고 그간의 소식조차도 물어볼 염치가 없었다. 집 전화번호와 큰아들 전화번호를 묻고는 이내 통화를 끝냈다.

"친구야 잘 있지? 가족에게 무관심했던 것 용서를 빌겠네. 어제 자네와 가끔씩 가던 대부도에 다녀왔어. 그곳에 튤립 공원을 근사하게 만들었는데 사진을 찍으면서 네 생각이 나서 셔터를 더욱 많이 누르게 되었지. 난 지금도 미친놈처럼 사진을 찍고 있다네. 하늘나라로 떠나는 날까지 너는 변함없이 내 친구가 되어주었지. 그런데 난 네 가족의 전화번호조차 모르고 지낸 멍청한 친구였으니 면목이 없어. 미안한 마음이 들어 네가 좋아했던 튤립 사진을 문자와 함께 보내줄 테니 답장은 안 해도 돼."

마음이 쓸쓸할 때는

마음이 쓸쓸할 때는 이 세상 모든 게 쓸쓸해 보인다. 내게도 좋은 친구가 있지만 그 친구를 보고 싶어도 쉽게 볼 수가 없다. 그토록 빠른 비행기를 타고도 한나절을 가야 하니 가슴만 답답할 뿐이다. 친구를 보려면 반드시 비행기를 타야 하는데 비행기 푯값도 꽤나 비싸서 엄두가 안 난다. 그러니 보고 싶어도 쉽게 친구를 보러 갈 수가 없다.

때로는 혼자 불만을 토로한다. 하필이면 왜 그토록 먼 곳에 가서 살아야 하나, 친구가 있으면 뭐하나, 혼자 중얼거릴 때도 종종 있다. 보고 싶을 때 달려가서 볼 수가 있어야 하는데 그렇지 못하니 마음이 우울해진다. 그런 날은 사진도 그렇게 찍히는가 보다.

좋은
친구였는데

내겐 참 좋은 친구였는데 느닷없이 비행기를 타고 한나절이 걸리는 나라로 훌쩍 떠났다. 간다는 사람을 어찌 막을까. 그나마 세상이 좋아진 탓에 돈 한 푼 안 내고 목소리를 들을 수 있게 된 것이 얼마나 감사한지 모른다.

좋은 친구는 먼 곳에 있다고 해서 다를 게 없다고 생각하면서도 가끔씩은 야속할 때가 있다. 몹시 보고 싶을 때 면전에서 함께 호흡하고 싶어서다. 하지만 요즘 그 친구의 마음이 몹시 아프다. 마음이 아프니 몸도 덩달아 아픈가 보다. 무슨 위로의 말이 필요할까. 내게도 덩달아 전염병처럼 옮아왔다. 당장 달려갈 수 없는 처지가 원망스럽다. 사진을 찍어도 친구 생각뿐이다.

친구가 떠난 그 길을

수년 전 친구와 함께 걸었던 그 길을 걷고 싶었다. 황금벌판을 가로질러 자전거 도로가 구불구불 이어진 도로 옆으로는 코스모스가 활짝 피어 있었다. 그 너머 벼 이삭이 고개를 숙인 황금벌판은 기억에서 지워지지 않을 아름다운 풍경이었다. 드넓은 연밭에는 늦게 핀 연꽃이 듬성듬성 하늘을 향해 가을바람을 맞이하고 있었다.

내겐 참 좋은 친구였다. 하는 일은 달라도 마음은 늘 같았다. 모래알처럼 수많은 사람 중에 허물없이 얘기를 주고받을 수 있는 사람이 몇이나 될까. 아침 안개가 어스름히 펼쳐진 그때의 길을 걸으며 친구를 떠올리는 시간이 얼마나 소중한가. 길옆으로 끝없이 피어났던 코스모스는 세월이 지나면서 어디론가 떠났다.

언젠가 떠나는 것은 사람이나 꽃이나 똑같다. 비단 사람과 꽃뿐이겠는가. 이 세상을 품고 사는 모두가 영원하지 않다는 걸 떠올리고 싶지 않을 뿐이다. 겨우 몇 송이 코스모스가 살아남아 그때의 추억을 알고 있는지 아침 이슬로 곱게 화장을 한 채 고개를 내밀고 있다. 가을에는 코스모스가 아릿한 추억을 불러온다.

때로는 기다림이 심신을 지치게 하지만 더 큰 감동을 가져다줄 거라는 희망이 있다. 그래서 기다림은 지켜야 할 소중한 자신과의 약속이다. 친구가 떠난 이 계절에 함께 걸었던 길을 걸으며 걸으며 회상해본다.

꽃피는
계절이 오면

Y 선생님 살아생전에는 꽃피는 계절이 오면 어김없이 동트기 전부터 선생님 댁 정원으로 사진을 찍으러 달려갔다. 한 고개만 넘으면 선생님 댁이었기 때문에 구태여 멀리 가지 않아도 꽃 사진을 찍을 수 있었다. 선생님이 손수 가꾼 정원은 사계절 꽃향기로 가득했다. 그러나 선생님이 세상을 떠나시고 난 후 발길을 끊었다. 그 후 계절이 몇 번 바뀌고 난 후에야 선생님 댁 주위를 다시 서성거리게 되었다.

우물가 옆의 백목련과 홍목련은 어김없이 피어났으나 그토록 종류가 많았던 야생화들은 선생님과 함께 떠났는지 보이지 않았다. 나는 목련꽃을 찍으면서 어떻게 하면 늘 하얀 이를 드러내고 웃으셨던 선생님 같은 모습을 사진으로 찍을 수 있을까 고민했다. 진하게 코끝을 자극했던 꽃향기는 모두 어디로 간 것일까? 잡초가 무성한 정원을 몇 번이나 서성거려도 인기척이 없다. 왈칵 서러움이 복받쳐 올라왔다. 그리운 사람을 볼 수 없다는 것은 최악의 슬픔이다.

집 앞 길가에 피어난 노란 개나리꽃마저 주인을 기다리다 지쳤는지 축 처져 있다. 수양버들은 연초록 옷으로 곱게 갈아입고 세상 구경을 하러 나왔으나 갈 곳을 잃어버린 채 방황하고 있다. 꽃도 사람이 함께 할 때 더 아름다운 것이다. 꽃이 흐드러지게 피는 계절을 아름답게 볼 수 없다는 게 얼마나 지독한 슬픔인가.

산 너머
작은 교회에는

산 너머에는 작은 교회가 있었다. 아버지는 "일하기 싫은 아이들이나 교회에 가는 것이다. 일을 해야 먹고살지"라고 말씀하셨다. 아버지의 말씀이 옳다고 생각했다. 굶어 죽지 않으려고 소나무 속껍질까지 질겅질겅 씹어 먹던 시절이었기 때문이다. 일하기 싫은 아이들이 모이는 곳이라고 생각했기 때문에 단 한 번도 교회 안에 들어가지 못했지만 나는 항상 산 너머에 있는 작은 교회가 궁금했다.

그 교회에는 목사님 가족이 함께 살고 있었다. 가족 중에 고등학교 다니는 큰딸이 있었다. 보름달 같은 얼굴에 항상 웃음꽃이 피어 있었고, 경상도 사투리를 썼다.

어느 봄날 그 교회 뒷산에 진달래꽃이 만발했을 때다. 이른 아침 나는 고개를 넘으면서 만발한 진달래꽃을 따 먹으면서 그 교회에 도착했다. 망설이다가 교회 안을 들여다보다 화들짝 놀라 산속으로 달아났다. 가슴이 뛰었다. 아이들은 없고 목사님의 큰딸이 청소를 하다가 나와 눈이 마주쳤는데 하얀 이를 드러내며 방긋이 웃는 모습에 덜컥 겁이 났던 것이다. 그 이후로 다시는 그 교회에 가보지 못했다.

세월이 많이 지났음에도 항상 해맑은 웃음으로 가슴을 뛰게 했던 목사님의 큰딸이 생각나곤 한다. 교회 앞 작은 종탑과 십자가, 새벽 4시면 어김없이 울리던 종소리가 지금도 들려오는 듯하다.

그때의 작은 교회는 흔적 없이 사라졌다. 그 자리에는 아주 큰 교회가 우뚝 서 있는데 정감이 안 간다. 진달래꽃이 필 때면 교회와 십자가를 아름답게 찍고 싶어진다. 목사님과 가족, 특히 큰딸은 어디서 무엇을 하며 살고 있는지 궁금한 이유를 모르겠다.

사막에 버려져도

고향에는 자잘하며 정감이 넘쳐나는 이야기들이 참 많다. 고향은 나에게 가난을 물려주었으나 그 가난 속에서 일찌감치 부지런함을 배웠고, 일의 소중함을 깨쳤다. 아무리 배가 고파도 가난을 탓하지 않았으며 부모님도 탓하지 않았다. 오직 손발이 부르트도록 열심히 일할 수 있는 고향이 있다는 것을 감사하게 생각했다. 어머니는 어느 깊은 겨울밤 어린 나에게 말씀하셨다.

"부지런하고 성실하면 사막에 버려져도 살 수가 있다."

나는 가끔씩 삶이 힘겨울 때나 앞이 캄캄할 때 고향을 떠올리고 어머니를 생각한다. 지갑 속에는 항상 어머니가 젊으셨을 때 집 뒤에서 찍은 빛바랜 작은 흑백사진 한 장, 어머니의 어머니 사진 한 장이 있다. 어머니가 하늘나라로 떠나시기 한 달 전에 주시면서 태워 없애라고 하신 사진 두 장을 태우지 않고 꼭 지갑 속에 지니고 다닌다. 가끔씩 두 장의 사진을 꺼내 보면서 "어머니 감사합니다"를 중얼거리고 나면 한결 마음이 가볍다.

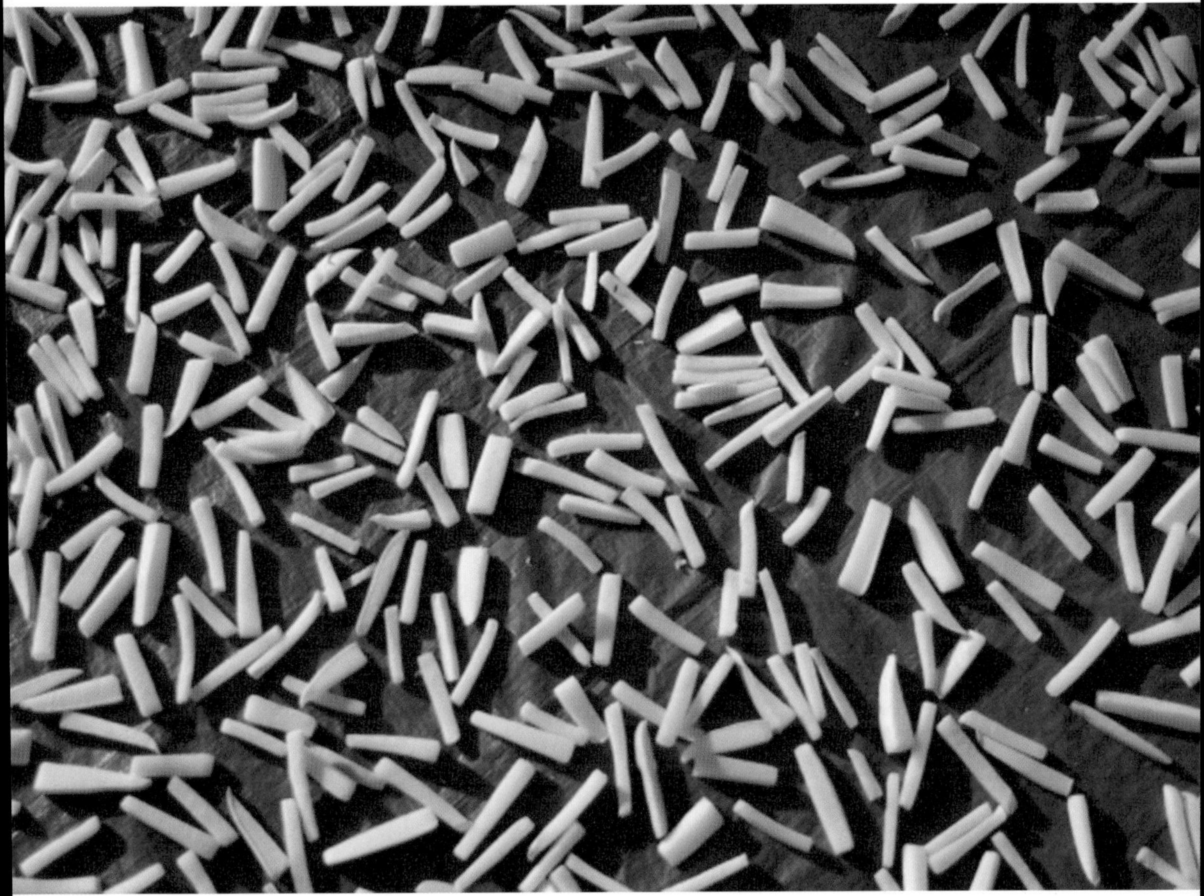

대문에 걸린 파란 자물쇠

농한기의 농촌은 바람 소리, 새소리만 들려올 뿐 너무도 조용하다. 사람이 사는 마을에서 사람 만나기가 어렵다. 그러다 보니 집에 사람이 있는지 없는지 알 수가 없다. 나는 아주 오래된 집 대문 앞에서 안쪽을 들여다보았다. 대문에는 작고 파란 자물쇠가 걸려 있다. 그러나 걸려만 있지 잠그지 않은 게 이상하다. 안마당 한구석에는 항아리 여러 개가 놓여 있다. 아주 오래된 항아리들이다. 집 규모로 봐서는 부잣집인데 세월을 견디지 못하고 쓰러질 듯 서 있다.

인기척을 해도 조용하다. 얼마 후 안방 유리창으로 할머니가 물끄러미 나를 바라보셨다. 바깥세상이 궁금하고 사람이 그리우신 모습이다. 나는 유리창이 잘 보이는 부서진 담 쪽으로 발걸음을 옮겼다. 할머니와 나는 눈이 마주쳤다. 고개를 숙여 인사를 했으나 두 눈만 껌벅거리셨다. 쇠줄에 묶여 있는 누런 개 한 마리가 짖어대기 시작했다. 한참을 서성이고 있는데 마을 아주머니가 이상한 눈초리로 말을 걸어왔다.

"무얼 하시는 분인데 남의 집을 들여다보고 있우?"

"네, 사진작가인데 할머니가 혼자 계신 것 같아서 들여다보고 있는 중입니다."

아주머니는 묻기도 전에 할머니에 관해 세세히 말씀을 하셨다. 할머니의 나이는 87살이신데, 그 집이 옛날에는 이 마을에서 제일 부잣집이고 인정도 많으셔서 많은 사람들을 도와주셨다고 했다. 자식 칠 남매는 모두 외지에서 살며 가끔씩 찾아와 노모를 보살핀다고 했다. 할머니는 죽어도 고향을 떠날 수가 없다고 하시면서 홀로 집을 지키신다는 것이다.

작은 가게에서 이것저것 물렁한 것들을 주섬주섬 사 들고 다시 할머니 댁을 찾았다. 오래된 대문을 열고 들어가니 할머니가 엉금엉금 기어서 마루로 나오셨다. 얼마나 사람이 그리우셨을까. 몇 마디를 주고받으면서 몹시 힘겨워하시는 것 같아 되도록 묻는 말을 하지 않았다. 마루는 할머니가 평생을 살아오신 세월의 현장이었다. 부엌

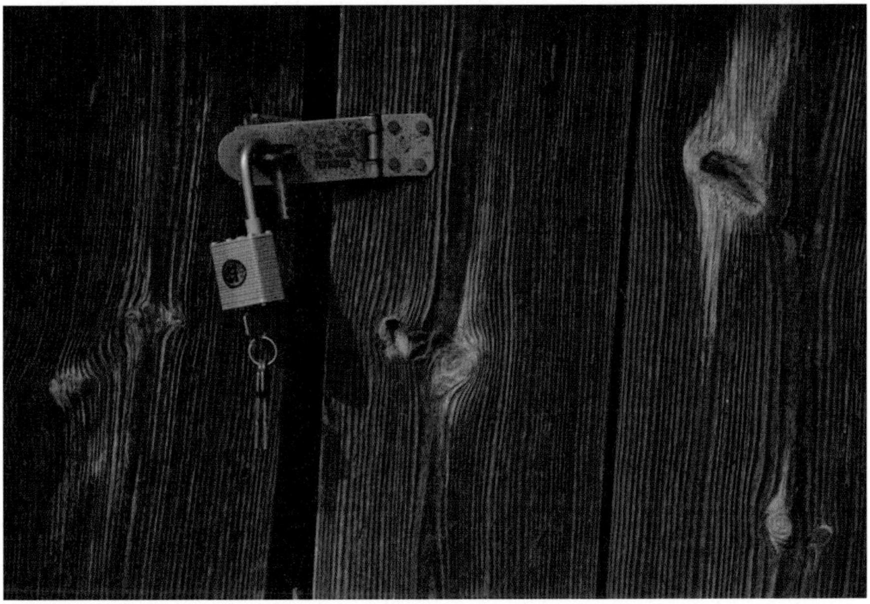

으로 절룩거리며 나가시더니 식혜 한 그릇과 찐 고구마를 들고 오셨다. 나는 사 들고 온 빵과 물렁한 홍시를 풀어놓았다.

할머니의 두 손을 잡으니 손바닥이 거칠었고 굳은살이 배어 있었다. 궁금한 것이 많았지만 인사를 하고 일어섰다. 할머니의 눈에 눈물이 고였다. 들릴 듯 말 듯 "고맙수"라는 할머니의 말씀을 뒤로한 채 대문을 나오면서 원래대로 파란 자물쇠를 걸어놓았다. 대문 사이로 할머니를 바라보니 차가운 마루에서 서성이셨다. 따사로운 봄 햇살이 대지를 감싸주는 계절인데 왜 이렇게 쓸쓸하기만 할까.

농촌의 빈집들은

농촌을 다니며 사진을 찍다 보면 빈집이 많다는 것을 알게 된다. 자식들이 모두 도시로 떠나고 할머니, 할아버지가 근근이 농사를 지으며 고향 집을 지키고 있다가 세상을 떠나시면 빈집이 되는 것이다.

몇 년 동안 반복해서 사계절 사진을 찍어왔던 한 농가가 있다. 그 집에는 할머니 혼자 살고 계셨다. 사진 찍는 나에게 찐 고구마도 주시고, 한 알 한 알 주운 밤도 손에 쥐여주셨다. 나는 그 할머니와 얘기하는 것을 좋아했다. 올가을에도 어김없이 그 집을 사진 찍으러 갔다.

지난해 가을까지만 해도 할머니가 마당에서 일을 하시던 모습을 볼 수 있었다. 하지만 올가을에는 대문에 자물통이 채워져 있을 뿐 적막감마저 감돌았다. 집 주위를 이리저리 둘러보아도 할머니는 안 계셨다.

햇살이 무척 곱다. 집으로 들어가는 길옆으로는 벼 이삭이 황금색으로 물들어 있었다. 늘, 살고 싶다고 생각하는 집이다. 앞마당에는 밤, 대추, 고구마, 붉은 팥이 가을의 눈부신 햇살을 받고 있다. 아직도 우리의 농가는 정감이 넘쳐난다. 그런데 할머니는 어딜 가신 것일까.

황톳길이 그리운 세상

내가 태어나서 살아온 인천시 남동구 논현동 101번지는 이제 땅속에 묻혔고, 그 위로 고향을 깔고 앉은 아파트가 하늘로 치솟았다. 고향이 사라지고 난 후 모든 게 어설프고 삭막하다. 정감이 넘쳐났던 황톳길을 걷고 싶어도 이제는 볼 수조차 없다.

내 작업실은 토담집 안방이었다. 칠 남매가 그 집에서 태어나 부모님과 함께 오밀조밀 살아왔다. 아버지와 어머니가 손수 고생하시며 지은 집인데 창호지로 바른 문을 열면 장독대가 한눈에 들어왔다. 그 뒤로는 감나무 한 그루가 서 있다. 감꽃이 필 때는 동네 아이들이 모여들어 떨어진 감꽃을 주어먹었다. 물론 나도 예외는 아니어서 풀을 뽑아서 감꽃을 주렁주렁 꿰어 방에 매달아놓고 조금은 달콤한 마른 감꽃을 빼먹는 재미가 이만저만 아니었다.

감이 조금씩 커가면서 감나무는 비실비실한 감을 털어낸다. 씹으면 떫어서 도로 뱉어내야 하는 그 작은 땡감을 주어다가 장독대 위에 올려놓고 며칠을 기다리면 누렇게 변하면서 떫은맛이 빠진다. 그렇게 달지도 쓰지도 않고 아무 맛이 없는 것을 맛있다고 먹고 살았다. 입에 들어가서 죽지만 않으면 무엇이든지 먹어서 배를 채웠다.

고향이 사라지고 난 후 내 작업실은 아파트에 자리를 잡았다. 예전에 비해 편리해져서인지 저울에 올라가면 눈금이 올라가 이제는 먹는 것도 억지로 줄이게 되었다. 배부른 세상이 돌아왔는데 웬일인지 마음은 가난하다. 장독대 뒤 감나무에서 떨어지는 우윳빛 감꽃이 그립고, 고향 가는 황톳길이 그립다.

고향 집이 생각나서

초가삼간 고향의 토담집에서 부모님과 칠 남매가 아무 탈 없이 살았다. 그런데 고향이 개발로 인해 땅속에 묻히고 나니 아버지의 아버지 대부터 살아오던 고향 집이 함께 사라졌다. 고향 사람들은 어쩔 수 없이 어디론가 뿔뿔이 떠나야 했다. 푸르른 들판과 갯벌은 시멘트콘크리트 숲으로 변했고, 닭장 같은 곳에 살면서 누가 살고 있는지조차 모른다. 40층이나 되는, 하늘로 뻗은 아파트는 고향의 오봉산보다 더 높다. 그래서 오봉산은 아파트 때문에 볼 수가 없다.

옛 고향 집은 방음이 될 리 없었다. 그런 토담집에서 밤새도록 다듬이질을 해대도 아름다운 음악 소리로 들었다. 이제는 내 집에서 청소기를 돌려도 이웃에서 시끄럽다고 달려와 험상궂게 인상을 써가며 항의한다. 그럴 때마다 내 집 청소하는 것도 죄가 되는지 죄인처럼 고개를 숙인다.

그래서 못 먹고 못 입던 시절이 더 그리운가 보다. 인정이 넘쳐나고 뒤 집 부엌의 숟가락 수까지 알 만큼 집을 들락거려도 귀찮아하지 않았으며 아이들을 내 자식처럼 안아주는 것을 고맙게 생각했다. 하지만 요즘 세상에 남의 집 아이를 안아주었다가는 당장 경찰서로 끌려갈 수가 있다. 가을에 추수가 끝나면 고사떡을 해서 한 접시씩 나눠 먹던 시절이 더 행복했다는 것을 고향이 사라진 후에야 알게 되었다. 그래서 고향을 찾아다니며 사진을 찍고 있다. 누가 시켜서도 아니다. 옛 고향 풍경이 그립고, 황톳길이 그립고, 고향 집이 생각나서다.

교동으로 달려가고 싶은 밤

라디오에서 클래식 음악이 흘러나온다. 청개구리의 합창이 어둠을 가르며 화음을 맞춘다. 가로등은 청개구리의 합창에 취해서인지 껌벅껌벅 졸고 있다. 읍내에서 옥수수를 파는 할머니에게 한 자루를 덥석 샀다. 교동이 생각날 때면 옥수수를 쪄 먹는다. 할머니가 하늘나라로 떠나신 내 어머니 같다.

녹슨 양철 지붕 처마 밑에서는 제비 새끼들이 둥지를 떠날 채비를 하고 있다. 사람이나 동물이나 애지중지 키워놓으면 훌쩍 떠나는 게 똑같다. 교동의 녹색 들판과 읍내, 과거로의 여행이 새록새록 떠오른다. 교동은 섬이면서도 섬이 아니다. 강화도에서 교동을 잇는 교동대교가 건설되고부터 배를 타고 가지 않게 되었다. 넓은 들판이 이색적이고, 읍내의 풍경은 반세기를 되돌려놓은 것 같아 정감이 넘쳐난다.

철책 너머 북한 땅에서 불어오는 바람이 유난히 시원하다. 강 건너가 바로 북한이다. 북한이 고향인 실향민들은 고향을 오갈 수 없다는 게 얼마나 슬플까. 길가 논둑에 수수가 하늘로 치솟아 있다. 키가 큰 수수는 철책 너머 북한 땅에 고향을 두고 온 실향민들의 마음을 헤아리는 듯 두리번거리고 있다. 벌겋게 녹슨 양철 지붕으로 덮인 방앗간은 옛 모습 그대로다. 교동에 가면 지금은 모두 사라진 그 옛날 고향 풍경을 볼 수 있어 가슴이 뛴다. 변하지 않은 그 풍경이 낯설지 않다. 오히려 발걸음을 더 머물게 한다.

offee
영업중

섬일 때 가보자

석모도는 강화군에 속해 있는 섬으로 넓은 들판이 이색적이다. 강화도와 석모도를 잇는 다리가 한창 공사 중인데 6월에 개통된다는 기사를 본 후 서둘러 강화도 외포리 포구로 달려갔다. 다리가 개통되면 섬의 분위기를 느끼지 못할 것 같았고, 문명과 동떨어진 소박한 섬 풍경을 보고 싶기도 했기 때문이다.

강화도 외포리 포구에는 카페리(car ferry)를 기다리는 차량 행렬이 이어졌다. 20분 간격으로 출발하는 석모도행 카페리를 타기 위해서다. 운임은 승용차와 운전자를 포함해서 왕복 1만 8000원이다. 승용차들이 안내원의 지시에 따라 넓은 갑판 위로 올라갔다. 카페리가 출발하자마자 갈매기 떼가 따라왔다. 사람들이 던져주는 과자 맛에 익숙해져서 따라오는 것이다. 아이나 어른이나 갈매기에게 과자를 던져주는 모습이 꽤나 재미있었다.

석모도를 운행하는 카페리의 운명도 얼마 남지 않았다는 생각에 잠겨 있을 때 부두에 도착했다. 농어촌은 어딜 가나 노인들뿐이다. 이곳도 예외는 아니다. 빈집이 많고 아이들을 볼 수가 없다. 폐교된 초등학교는 잡초에 묻혀 있다. 이 섬에도 문명의 그늘이 빠르게 드리우고 있었다. 섬은 섬일 때가 더 아름답다. 한번 사라지면 영원히 볼 수 없는 소박한 옛 풍경을 찍을 때마다 아릿한 그리움이 밀려와 가슴을 뛰게 한다.

VOLVO

마음을 측정하는 저울이 있다면

내 작업실 한편에 저울이 있다. 몸이 불어나는 것을 막아보기 위해 큰맘 먹고 사온 것이다. 어쩌다 생각나면 한번 몸을 올려놓는 게 고작인데 작업실 저울은 개 팔자보다 더 좋다. 그런데 소래포구 어시장의 상인들이 사용하는 저울은 이른 아침부터 늦은 밤까지 쉴 틈이 없다. 그만큼 소래포구의 저울은 고달프다.

작업실에 할 일 없이 누워 있는 저울에게 따지듯이 물었다.

"넌 호강만 하지 말고 내 마음의 무게를 어떻게 측정할지 생각해서 한 번쯤 달아 봐 봐."

벙어리 같은 저울이 서슴없이 말했다.

"주인님, 주인님 마음의 무게는 너무 무거워 어느 저울이건 측정 불가합니다."

그렇게 말하는 저울이 괘씸한 생각이 들었지만 옳은 소리라고 생각했다. 버릴 걸 버리지 못하고 지금까지 움켜잡고만 있으니 쌓이고 쌓여 무거운 게 당연하다. 하지만 저울로 달지 못할 정도로 무겁다는 건 상상조차 하지 못했다. 육체만 다이어트할 생각을 했지 정작 마음을 다이어트할 생각을 하지 못한 게 더 큰 잘못이었다. 이참에 마음 비우기를 실천해보기로 했다. 그래야만이 병든 마음이 치유될 것 같았다.

5kg

굴의 계절에 한 맹세

굴은 바다의 인삼이라고 한다. 요즘 굴이 제철이다. 하필이면 꽁꽁 얼어붙는 추운 겨울에 굴을 따고 손질해야 한다. 그때마다 차가운 바닷바람이 매섭게 몰아쳐 어촌 사람들을 괴롭힌다.

태안의 어느 작은 포구에서 모녀는 그 매서운 바닷바람에도 아랑곳하지 않은 채 열심히 굴을 손질하고 있었다. 그에 비하면 카메라 셔터 누르는 것은 식은 죽 먹기보다 쉬운 일이다. 그런데 나는 조금 춥다고 두 손을 주머니에 넣고 그 광경을 지켜보았다. 두 모녀의 손은 기계처럼 빠르게 움직였다. 특히 백발의 할머니에게선 가까이 다가갈 수 없을 만큼 삶의 엄숙함이 느껴졌다.

'그래 나도 저 할머니처럼 죽기 전까지 열심히 사진을 찍자.'

백발 성성한 할머니를 보며 '왜 사진을 죽기 전까지 찍어야 하는지 그 이유를 묻지 말자. 그냥 가던 길을 가는 것이라고 생각하며 열심히 살자'고 다짐을 한다.

막걸리와 족발 사건

벽에 걸린 시계를 보니 밤 10시 30분에 바늘이 멈춰 있다. 그러나 초침은 움직이고 있었다. 시계가 고장난 게 아니라는 것을 알 수가 있다. 오늘은 먼 나라로 이민 간 친구가 무척 그리워 6년이 지난 사진을 보고 있으려니 밀려오는 그리움을 어떻게 할 방법이 없었다.

창밖에는 어둠이 짙게 깔려 있다. 그런데 낯선 불빛이 아파트 정문 앞 도로변에서 반짝였다.

오색의 등이 번쩍이는 게 무척 궁금했다. 이동식 포장마차인 것 같았다. 카메라 가방을 둘러메고 그곳으로 향했다. 사진을 찍을 목적이 우선은 아니었다. 오늘따라 막걸리 한잔이 생각나서였다.

생각했던 대로 이동식 포장마차였다. 주인은 젊은 사람이었다. 세상을 열심히 살아가는 젊은이라고 생각했다. 대뜸 족발 한 팩을 샀다. 그리고 멀리서 사진을 찍었다. 가능하면 포장마차 주인의 얼굴이 안 나오게 찍었다. 집에 들어오니 밤 12시가 되었다. 사 들고 온 막걸리와 족발을 펼쳐놓고 신나게 먹고 마시는데 아내가 들어와 깜짝 놀라는 눈치였다. 혼자 몰래 먹다가 들킨 것이다.

나는 간 큰 남자지만 이번만큼은 그 어떤 변명도 할 수가 없었다. 과체중으로 인해 아내가 사다준 것을 먹으면서 겨우 정상 체중으로 돌아가는 중이었는데 오밤중에 족발과 막걸리를 마시다가 들켰으니 아무리 간 큰 남자라고 해도 주눅이 들 수밖에 없었다. 얼떨결에 사진을 보여주면서 이걸 찍으려고 한 것이지 결코 막걸리와 족발이 목적은 아니었다고 했다. 하지만 자존심이 상했다.

먹고 싶은 것도 마음대로 먹지 못하고 산다는 것은 여간 괴로운 게 아니다. 그러나 내 건강을 염려하는 아내의 잔소리를 무시한다면 아주 못난 사람이라고 생각했다. 그래도 사 온 막걸리와 족발은 모두 먹었다. 다음 날 아침이 걱정되었다. 방 한구석에 놓여 있는 저울에 올라가려다가 차마 올라갈 수가 없었다. 그래도 기분은 좋았다.

문

집집마다 문(門)이 있다. 모양 또한 제각각이다. 사람이 살고 있지 않은 창고에도 문이 있으며 가축이 살고 있는 곳에도 문이 있다. 특히 보석과 현금을 넣어두는 금고의 문은 특정인만 열 수가 있다. 그 안에 무엇이 얼마만큼 있는지는 열쇠의 주인만이 알고 있다. 하지만 도둑들만큼은 그 문을 제집 드나들 듯 열고 들여다보는 특별한 재주가 있다.

고단하게 살아가는 착한 사람들이 하루 일과를 마치고 집으로 돌아와 여는 순간 겹겹이 쌓였던 피로와 긴장을 풀게 해주는 것이 바로 문이다. 문은 기쁨만 주는 게 아니다. 이 세상을 살아가는 모든 사람들은 수없이 경쟁의 문을 통과하며 살고 있다. 문을 통과하는 이유가 제각각 다를 수야 있지만, 그중에서도 천국과 지옥의 갈림길에서 있는 문은 사람이면 누구나 꼭 한 번 통과해야 할 마지막 문이다.

죽어서도 들어가고 싶지 않은 것이 바로 지옥문이다. 그 지옥문을 통과하지 않으려면 생전에 좋은 일을 많이 해야 한다는데 못된 일만 하고서도 죽을 때 지옥문으로 들어가지 않으려고 하는 게 인간이다.

사진가인 나에게 빛은 생명과도 같다. 빛에 의해서 만들어지는 게 사진이기 때문이다. 하늘에서 내려온 그 빛으로 열심히 좋은 사진을 만들어 많은 사람들에게 감동과 기쁨을 주기 위해 혼신을 다한다. 하나님은 그런 사진가에게 지옥문을 통과하라고는 않을 거라고 생각하며 열심히 사진을 찍고 있다.

깜깜한 밤
십자가 때문에

새벽 3시 30분 목적지를 향해 달려갔다. 시골길은 가로등이 없어서 깜깜한 밤에 목적지를 찾는다는 게 참 어렵다. 그곳은 내비게이션도 소용이 없다. 설령 내비게이션에 찍힌다고 해도 차가 그곳까지 갈 수가 없다. 아니나 다를까, 한낮에는 쉽게 찾아가던 그 길을 찾을 수가 없었다. 새벽인데도 차량들이 쏜살같이 내 차 뒤를 바짝 따라와 겁이 났다.

두 번을 되돌아와도 찾지를 못하고 길에서 방황하고 있었다. 그때 번개처럼 십자가 사진을 찍어둔 게 떠올랐다. 차를 길가에 세워놓고 하늘을 바라보았다. 불 켜진 빨간 십자가가 하늘 높이 솟아 한눈에 들어왔다. 차를 다시 돌려서 십자가 쪽으로 향했다. 깜깜한 밤에 길을 잃고 방황하는 나를 십자가가 살려준 것이다. 지금까지 건성건성 다니는 교회가 떠올라 미안한 마음이 들었다.

뭘 찍어요?

"뭘 찍어요?"

인상이 험악한 아주머니가 내 주위를 돌며 한 말이다. 오른손에는 부엌칼을 들고 있었다. 나는 재빨리 찍은 사진을 보여주었다. 필름으로 사진을 찍던 시설, 변을 당한 경험이 있었기 때문이다. 아주머니는 카메라와 벽 쪽을 두리번거리며 보더니, 철사를 엮어서 막아놓은 울타리와 붉은 천으로 막아놓은 벽뿐인데 무엇을 찍었느냐는 눈치였다.

그곳을 빨리 떠나고 싶었다. 부엌칼을 든 아주머니는 고개를 갸우뚱하며 철사로 쳐놓은 울타리 안으로 들어갔다. 어둠이 깔리기 시작했다. 월곶역을 출발한 전동차가 소래철교 위를 덜컹덜컹 소리를 내며 달려갔다. 그 순간 밤 기차를 타고 어디론가 무작정 떠나고 싶었다.

그 길을 걸었다

오늘도 홀로 깜깜한 밤에 그 길을 걸었다. 갈대숲에 숨어 노래하는 새소리가 듣고 싶고, 바람이 몰려와 갈대를 울리는 그 소리가 듣고 싶어서였다. 먼 옛날 어머니가 무거운 함지박을 머리에 이고 그 소리를 들으며 고단하게 장사 다니시던 길이기에 마음이 아프다.

그때나 지금이나 새들의 합창 소리는 변함이 없다. 생소한 나무들이 생겨났으나 꼬불꼬불 황톳길은 변함이 없다. 어머니의 흔적이 남아 있는 그 길 위에 주저앉아 휙휙 지나가는 세월을 본다. 하늘에 무수히 떠 있는 반짝이는 별을 바라보며 어머니를 불러본다. 저 하늘 어딘가에 어머니 별이 있을 텐데 왜 대답이 없는지 알 길이 막막하다.

강릉 전시장을 떠나기 전에

지금까지 살아오면서 독한 소주를 그토록 많이 마신 적은 처음이었다. 전시가 끝나는 날 '쫑파티'라고 해서 지인들과 함께 술잔을 나누며 회포를 푸는 것이 관례다. 작가 본인에게는 허탈함이 밀려온다. 마흔두 번의 개인전을 한 나 역시 마찬가지다. 그렇다고 누구에게 하소연할 만큼 분명하지는 않은 그런 무거움이 마음을 몹시 괴롭힌다.

전력투구해서 벽에 사진을 걸고 나면 어느새 끝이다. 진저리 날 만큼 고독함을 평생 지니고 살아야 하는 스스로의 팔자를 원망할 때가 한두 번이 아니다. 남들이 보기에 모두 화려하게 보일지언정 정작 본인은 그렇지 못한 작가가 어디 나뿐일까.

사진가의 길이 외롭고 힘겨우나 감사한 분들이 있기에 그 길을 멈출 수가 없는 것이다. 그래서 고마운 분들을 생각하며 더 좋은 사진을 찍어서 함께 향유하며 감동과 기쁨을 나누기 위해 몸부림친다.

끝나는 날 저녁 가톨릭관동대학교 예술디자인대 학장으로 재직하시다가 정년퇴임 후 현재 강릉문성고등학교 이사장으로 계시는 김영중 교수님과 단둘이 '쫑파티'를 근사하게 했다. 강릉문성고등학교는 30년 전에 김영중 교수의 어머니가 설립하셨는데, 연세도 많으시고 건강이 좋지 않으셔서 김영중 교수가 이사장으로 취임한 것이다. 훌륭하신 어머니에 그 아들이다.

강릉 시내 작은 소줏집에서 응어리진 마음을 소주잔에 풀었다. 평소에는 상상도 못할 만큼 간이 커져서 소주 세 병을 주거니 받거니 하면서 마신 것이다. 강릉에 숙소가 없어서 고민할 때 선뜻 방을 내줘서 3일이나 편안히 머물렀다. 또한 이곳저곳을

안내한 것으로도 모자라서 철거하는 날 도와주었으니 이래저래 큰 신세를 진 것이다. 백번 감사함을 전해도 모자란다.

먼 곳에서 전시를 하기 때문에 관람하러 오시라고도 못했는데 찾아오신 분들은 말로 표현할 수 없을 만큼 고마운 분들로 기억될 것이다. 작가에게는 찾아와 관람해 주는 것이 도움 중 으뜸이다. 지나고 보면 그런 분들과 세상을 논하며 살아가게 된다. 당연히 좋은 관계를 오래도록 유지하며 잊지 못할 기억으로 간직한다.

사진을 모두 벽에서 떼어낸 후 하얀 벽을 배경으로 기념사진을 찍으며 전시를 마무리한다. 이 책을 마무리하는 것처럼.

작가 소개

최병관(崔秉寬)

최병관은 사진가이며 시인이다. 인천 남동구 산뒤마을에서 태어나 지금까지 그곳에서 살아오면서 사라져가는 고향 풍경을 끊임없이 사진으로 남기며 글을 쓰고 있다. 그의 사진은 '노 포토샵', '노 트리밍', '노 후드', '노 컬러 필터', 이 네 가지를 원칙으로 자연 속에서 영감을 받아 만들어진다. 그의 사진은 색이 곱고 간결하며 볼수록 신비로움을 자아낸다.

특히 한국전쟁이 중단되고 반세기가 지난 1997년부터 1998년까지 민간인 최초로 휴전선 155마일 서쪽에서 동쪽 끝까지 3회 횡단해 사진을 찍고 글을 썼다. 그 사진들로 2010년 뉴욕 유엔 본부에서 개인전 〈한국의 비무장지대 평화와 생명을 찾아서〉를 주제로 개인전을 열었으며, 사진집을 출간해 유엔 주재 192개국에 증정했다. 또한 2000~2003년에는 전쟁으로 끊어진 경의선 철도, 도로 연결 비무장지대 사진 작업을 했으며, 사진집 『경의선 통일의 길을 잇다』(통일부, 2015)를 출간했다. 2004년 일본 '동경도사진미술관', 2010년 뉴욕 유엔 본부 '델리게이트전시관', '하와이시립미술관'을 비롯해 국내외에서 42회의 개인전을 열었으며, '2014 인천아시안게임', '2018 평창동계올림픽' 초청 개인전을 열었다. 25권의 사진집, 6권의 포토 에세이와 시집을 출간했다. 그중 『어머니의 실크로드』는 세종도서 문학나눔에, 『휴전선 155마일 450일간의 일기』는 문화체육관광부 우수교양도서에 선정되었으며, 『울지 마, 꽃들아』는 좋은 어린이책으로 선정됐다.

대통령표창, 외교통상부장관상, 인천광역시문화상(미술 부문), 인천환경인대상, 자랑스런논현인상, 디엠지문화대상을 받았으며, 1972년 베트남전쟁에 참전한 국가유공자다.

블로그 https://blog.naver.com/dmzchoibk | 이메일 dmzchoibk@empas.com

자연과 사진가의 오랜 동행

지은이 | 최병관
펴낸이 | 김종수
펴낸곳 | 한울엠플러스(주)
편집책임 | 김다정·최진희

초판 1쇄 인쇄 | 2019년 1월 25일
초판 1쇄 발행 | 2019년 2월 8일

주소 | 10881 경기도 파주시 광인사길 153 한울시소빌딩 3층
전화 | 031-955-0655
팩스 | 031-955-0656
홈페이지 | www.hanulmplus.kr
등록번호 | 제406-2015-000143호

Printed in Korea.
ISBN 978-89-460-6597-0 03810

* 책값은 겉표지에 표시되어 있습니다.